Adam Trabert

Franz Grillparzer

Ein Bild seines Lebens und Dichtens

Adam Trabert

Franz Grillparzer
Ein Bild seines Lebens und Dichtens

ISBN/EAN: 9783743621046

Hergestellt in Europa, USA, Kanada, Australien, Japan

Cover: Foto ©Raphael Reischuk / pixelio.de

Adam Trabert

Franz Grillparzer

Grillparzer
und die Bühne

INAUGURAL - DISSERTATION

ZUR

ERLANGUNG DER DOKTORWÜRDE

DER PHILOSOPHISCHEN FAKULTÄT

DER KÖNIGLICHEN UNIVERSITÄT GREIFSWALD

Vorgelegt

von

Erich Calow

BERLIN

Druck von Hermann Blanke's Buchdruckerei

1914

INHALT.

———

════

Abkürzungen.

Ba. — Bühnenanweisung(en).
Gr. — Grillparzer.
musik. — musikalisch.
Sauer — Erster Band der großen Grillparzer-Ausgabe.
szen. — szenisch.
Schr. — Schreyvogel.

════

Grillparzer und die Bühne.

Während Goethe, Schiller, Shakespeare zum eisernen Bestand im Repertoir einer jeden Bühne gehören, an der das Schauspiel gepflegt wird, finden wir Grillparzer nur wenig vertreten. Dabei hat man ihn nicht nur in den Kreisen der Literaturhistoriker gewürdigt und in die Reihen unserer Klassiker gestellt, sondern er ist längst weit über die Grenzen Oesterreichs hinaus Nationaleigentum des deutschen Volkes geworden. Sicherlich verdient er es, ebenso gut, wie die anderen, auch von der B ü h n e herab unmittelbar auf uns wirken, kann er in einer gut durchgearbeiteten Aufführung, die eine psychologisch feine Darstellung mit dem gerade bei Grillparzer so großen Stimmungsreiz verbindet, den Zuschauer mit sich fortreißen und ihm glücklich über die von vielen Regisseuren gefürchteten Klippen hinweghelfen.

Von vornherein möchte ich darauf hinweisen, daß die literarhistorische Würdigung eines Stückes Schwächen findet, die der B ü h n e n wirkung durchaus keinen Abbruch tun, daß andererseits Scenen, die für den mit literarhistorischem Interesse Urteilenden von höchstem Reiz und großem Wert sind, eine Aufführung auf der Bühne gefährden, ja unmöglich machen können. Ich möchte also unterscheiden — um hier einen kurzen terminus einzuführen — zwischen literarischem Drama und Bühnendrama. Es gibt Schriftsteller, die das Handwerkszeug der Bühnentechnik glänzend zu führen wissen, darum aber noch keine Dichter sind. Andererseits Dichter, die von diesem Handwerkszeug keine Ahnung haben und darum auch keine Bühnendramatiker sind. Ueber beiden aber steht das dichterische Genie, das die Kinder seiner Poesie mit intuitivem Verständnis in ein bühnenmäßig wirksames Gewand kleidet und ihnen so nicht nur auf dem Papier im stillen Kämmerlein, sondern auf der Bühne vor allem Volk dramatische Lebensfähigkeit gibt.

Natürlich finden sich auch da Stellen, die einer Aufführung im Wege stehen, wie z. B. zu lange Monologe, allgemeine Excurse, ausgeführte Sentenzen. Solche zur Handlung nicht unbedingt notwendigen Bestandteile sind für den Literaturhistoriker von Reiz, für eine Aufführung jedoch bedeuten sie eine Verzögerung in der Fortführung der Handlung, in der Steigerung der Spannung und sind auf ein Mindestmaß zu beschränken. So werden wir weiter unten bei der Besprechung der einzelnen Dramen Partien finden, die mit Vorteil bei einer Aufführung gestrichen werden. Das ist keine Pietätlosigkeit gegen den Dichter, kein mangelnder Respekt vor seinem Genius, sondern geschieht lediglich zu dem Zweck, ihm von der Bühne herab zu der größtmöglichen dramatischen Wirkung zu verhelfen, zumal Grillparzer, ebenso wie Schiller, an allzulangen Monologen krankt, die unserm heutigen Empfinden nicht mehr liegen. Diese allgemeinen Gesichtspunkte mußte ich an dieser Stelle verausschicken, um im gegebenen Fall darauf zurückgreifen zu können.

Mit 25 Jahren (1816) ist Grillparzer Theaterdichter des Wiener Burgtheaters, jener Kunststätte, die bis zur Jahrhundertwende in der Geschichte der deutschen Schauspielkunst, in der Geschichte des Dramas, einen ersten, ja vielleicht den ersten Platz einnimmt. Ist auch gerade in letzter Zeit die Bedeutung Wiens als erster Theaterstadt in literarischem Sinn durch die absolute Herrschaft der Operette gesunken, so stehen wir andererseits auf der Bühne des Burgtheaters auf altehrwürdigem Boden, der Pflanzstätte deutscher Schauspielkunst, der Heimat von Schauspielern, an denen das Wort Schillers, daß die Nachwelt dem Mimen keine Kränze flicht, illusorisch geworden ist.

Der Historiker verzeichnet, daß am 31. Januar 1817 die „Ahnfrau" erstmalig im Theater a. d. Wien aufgeführt wurde. Ueber den Grund dafür sagt Grillparzer in der Selbstbiographie wörtlich: „Die Schauspieler waren von ihren Rollen entzückt. Als ich auf den Proben erschien, wurde ich trotz meines fadenscheinigen Ueberrockes wie ein junger Halbgott empfangen. Zufällig fanden sich auch mit Zuhilfenahme der Hofschauspielerin Mme. Schröder und des pensionierten Hofschauspielers Lange, die Gastrollen gaben, alle Subjekte vor, um das Stück so aufzuführen, wie es wohl auf keiner deutschen Bühne wieder gegeben worden ist. Es wurde darum auch dem Theater a. d. Wien der Vorzug vor dem Hofburgtheater für mein erstes Erscheinen vor dem Publikum gegeben." Dieses erste Erscheinen war ein voller Erfolg — für den Abend. Denn schon in den nächsten Tagen stürzten sich die Kritiker wie eine Meute gieriger Wölfe auf den armen Dichter, ließen kein gutes Haar an seinem ersten Bühnenwerk und warfen ihn in einen Topf mit den Verfassern der Schicksalstragödien schlimmster Sorte. Und Grillparzer, diese zurückgezogene, echte Dichternatur, mußte erfahren, wie das, was ihm das Beste schien, was er als Dichter geben konnte, mißverstanden, verhöhnt, und mit Füßen getreten wurde. Unter den wenigen jedoch, die an seine theatralische Sendung glaubten, befand sich der Mann, der für Grillparzers ganzes dramatisches Schaffen von Einfluß sein sollte, ich meine Schreyvogel (West).

Schreyvogel war das, was man im besten Sinne einen ausgezeichneten „Theatermann" nennen kann; ein Mann von genialem Blick für das bühnenmäßig Wirksame, ein ausgezeichneter Regisseur und Dramaturg — und ein ebenso treuer und uneigennütziger Freund Grillparzers. Joseph Schreyvogel (Karl Aug. West) leitet 18 Jahre hindurch als Theatersekretär das Wiener Burgtheater. Seine hohe Bedeutung für die Entwicklung dieses Theaters liegt auf den verschiedensten Gebieten. Einmal sorgte er dafür, daß unsere Klassiker nicht mehr wie bisher verstümmelt, sondern in ihrem vollen Gehalt zu Worte kamen. Dann stellte er ein Ensemble von Schauspielern zusammen, die imstande waren, diesen Klassikern zu einer erschöpfenden Darstellung zu verhelfen, und deren Namen noch heute nicht vergessen sind.

Im Jahre 1794 war das Wiener Burgtheater an den kunstsinnigen Frh. von Braun verpachtet worden. Im Jahre 1806 trat Braun seine Pachtungsrechte an eine Reihe von Kavalieren ab, zu denen auch der von Schreyvogel in seinen

Tagebüchern oft erwähnte Graf Pálffy gehörte, der 1814
das Burgtheater und das Theater a. d. Wien als alleiniger
Pächter übernahm. Unter ihm begann Schreyvogels ver-
dienstvolle Tätigkeit. Man hatte ihn wegen seiner kaufmännischen Eigenschaften berufen, um den offenbar sehr
verfahrenen Geschäftsbetrieb des Theaters wieder in die
rechte Bahn zu leiten. (März 1814). Sein Vorgesetzter in
diesen Bestrebungen war aber nicht nur Graf Pálffy, sondern
auch der vom Hofe bestellte, bürokratische Hofrat Fuljod,
der den armen Schreyvogel so oft zu bitterer Klage in seinen
Tagebüchern zwang. Dennoch machte sich, trotz der
schlechten finanziellen Erfolge unter dem Pálffy'schen Regime,
ein großer künstlerischer Erfolg geltend, der einzig und
allein Schreyvogels unermüdlicher Tätigkeit zu verdanken
war. Wir kommen alsbald zu der erfreulichen Tatsache,
daß das Pachtsystem endlich aufhört und wir wieder ein
Hoftheater in unserm heutigen Sinne finden. Hier ist es der
Finanzminister Graf Stadion, ein Aristokrat im besten Sinne,
der für die Hoftheater wirkt, indem er ihnen aus der Staats-
kasse reiche Mittel zufließen läßt. Leider jedoch blieb auch
in dieser Periode der direkte Vorgesetzte Schreyvogels Fuljod. 1820 ist das Burgtheater also wieder Hoftheater und
seine Leitung wird dem Grafen Dietrichstein anvertraut, dem
Ignaz von Mosel zur Seite steht. Das ist diejenige Epoche,
wo Schreyvogel den größten Einfluß auf die Leitung des
Theaters hat und sich am meisten befriedigt fühlt. Schon
1815 hatte Müllner von ihm geäußert: „Solch einen Theatersekretär wie Sie, habe ich in Israel noch nicht gefunden,
Sie sind geboren zum Vermittler des Bundes zwischen der
Bühne, dem Publikum und dem Dichter." Das ist diejenige
Aeußerung, die Schr.'s Wirksamkeit mit am erschöpfendsten
apostrophiert; sie kann für das, was ich hier über sein Verhältnis zu Grillparzer, zum Theater, zur Kritik und zum
Publikum sagen möchte, geradezu als Motto gelten. Ja, auch
zur Kritik, indem er den literarischen Gegnern Grillparzers,
die, eifersüchtig auf den Erfolg des jungen Genies, diesen
angriffen, mit gewandter Feder kräftig erwidert. Und wenn
der junge Grillparzer bei seinem treuen, um so viel älteren
Berater weilte, dann gab es interessante dramaturgische

Erörterungen, die für beide Teile befruchtend und fördernd wirkten. Stand doch auf der einen Seite das jugendlich begeisterte Schaffen des jungen Dichters, auf der andern das abgeklärte, durch Erfahrungen reiche, kritische Urteil des bewährten Bühnenpraktikers. Erkannte doch selbst Müllner, der selbstbewußte Kritiker, die Ueberlegenheit Schreyvogels an, — allerdings mit dem Erfolge, daß er als kleinliche Natur schließlich sein Gegner wurde. Ungetrübt jedoch bleibt das freundschaftliche Zusammenwirken Schreyvogels und Grillparzers, und von wie hohem Wert diese Tätigkeit für die Aufführungen der Grillparzer'schen Dramen war, ersehen wir am besten aus den Tagebuchaufzeichnungen der beiden Männer. Die erste Aufzeichnung über Grillparzer in Schreyvogels Tagebüchern vom 14. Juli 1816 lautet: „Mein Nebenbuhler in der Uebersetzung des Traumes ist — der junge Grillparzer. Für seine Jugend wirklich ein bedeutendes Talent". Und nun folgen in größeren oder kleineren Zwischenräumen die Notizen über Grillparzers Besuche wie folgt:

3. Sept. 1816. „Gr. las mir heute den dritten Akt seiner Tragoedie vor. Ich erklärte ihm mit Wärme und Wahrheit, daß er ein Dichter sei. Diess Talent habe ich großentheils geweckt und ihm Selbstvertrauen gegeben. Er gesteht es auch. (II)

15. Sept. Gr. brachte mir seinen letzten Akt, der zu gräßlich und überhaupt noch formlos ist.

16. Sept. Ich habe nun das ganze Stück von Gr. und las Abends die zwei ersten Akte vor; die letzte Hälfte des zweiten Aktes ist sehr schwach und muß ganz verändert werden.

19. Sept. Das Stück von Gr. habe ich z. T. durchgearbeitet. Es ist als Komposition doch noch sehr unreif.

24. Sept. Ich ging sein Stück mit ihm durch; es kann nun gut werden. Ob er es mir danken wird?

6. Okt. Gr. war heute gegen eine Stunde bei mir; ich habe ihm viel Nützliches gesagt. So könnte eine Kunstschule entstehen.

29. Okt. .... Er (Gr.) hat nun seine zwei ersten Akte ganz nach meinen Ansichten umgearbeitet.

29. Jan. 1817. Ich war bei der Probe der Ahnfrau. Vieles wird sich trefflich machen. — Es ist wahrhaft ein Dichter". Das sagt Schr. zwei Tage vor der Premiere,

30. Jan. „Auch heute war ich bei der Probe. Der dritte und vierte Akt müssen große Wirkung thun — nur vielleicht zu gräßlich. Gr. war da, ich umarmte ihn.

31. Jan. Mittags: Ich war heute bei dem Schluß der Proben und ich erwarte nun, wie alle, einen großen Erfolg.

Nachts: Das Stück hat vollkommen reüssirt. Ich bin mit dem Dichter nach Hause gegangen.

1. Febr. Der Graf (Pálffy), Fuljod und Heusler waren sehr erfreut über den Erfolg der Ahnfrau. Ich war nach Tisch bei Gr., wo ich auch mit seiner Mutter sprach. Sie sind sehr dürftig. Abends war er zweimal bei mir und ich mit ihm im Theater. Ich fühle eine väterliche Zuneigung zu diesem jungen Manne. Meine Briefe an Müllner und Winkler waren voll von ihm.

2. Febr. Nachts: Es fängt an eine Opposition gegen die Ahnfrau zu entstehen. Ich selbst schade dem Verfasser durch zu vieles Lob.

10. Febr. Ich war mit Gr. beim Grafen. . . .

11. Febr. Ich war beim Grafen, der sehr auf den Druck der Ahnfrau dringt.

12. Febr. Mit Wallishauser schloß ich . . . dann über den Druck der Ahnfrau ab.

16. Febr. Nach Tisch besuchte mich Gr., den der Erfolg seines Stückes sehr erheitert hat.

17. Febr. Er (Müllner) . . . bietet . . . auch mir und Gr. seine bona officia an.

24. Febr. Wenn Gr. (was bei dem Widerspruch, den er findet, möglich ist) sich wahrhaft an mich schließt, so kann ich gemeinschaftlich mit ihm große Dinge ausführen. Was ihm mangelt, habe ich, und so umgekehrt.

1. März. Ich habe heute . . . auch Wallishauser die Ahnfrau geschickt.

7. März Nachts: Heute war wieder die Ahnfrau bei vollem Haus. Kaiser und Kaiserin waren da.

22. März. Die Modezeitung enthält ein langes Wischiwaschi gegen die Ahnfrau.

26. März. Der K—r, sagt Pálffy, sei sehr gegen die Ahnfrau; das hauptsächlich werde eine Veränderung herbeiführen.

3. April Nachts: Ich habe nun doch einen kurzen Vorbericht zur Ahnfrau geschrieben.

11. Mai. Ich war ... jetzt im Josefstädter Theater, wo die Ahnfrau aufgeführt wurde.

14. Mai. Heute erhielt ich einen vernünftigen Brief von Müllner, worin sehr viel über die Ahnfrau."

Soweit Schreyvogels Aufzeichnungen über sein erstes Zusammenarbeiten mit Gr., und über die ersten Eindrücke, die die Ahnfrau hervorrief.

Sophie Schröder hielt am Schluß der Aufführung der Ahnfrau in ihrer Eigenschaft als Benefiziantin die übliche Ansprache an das Publikum, in der sie Gr. als Jüngling feiert, der ehrenvoll in den Tempel der Kunst trete und zu den schönsten Hoffnungen für die Zukunft berechtige. Diese Worte werden bestätigt durch einen Passus in Nr. 20 des „Sammler" vom 15. Februar, wo es wörtlich heißt: „Das Stück scheint als ein sehr merkwürdiger Versuch in der Geschichte des teutschen Trauerspiels eine besondere Aufmerksamkeit der höhern Kritik zu verdienen" und weiter könne es „in Ansehung der ideen- und bilderreichen Sprache, der Anmut des abwechselnden und fast durchgängig gereimten Versmaßes, sowie in Rücksicht der bedeutungsvollen Wichtigkeit aller vorkommenden Personen, des raschen Fortschreitens der lebendigen Handlung und des starken theatralischen Effektes, den besten Stücken unserer großen Tragiker an die Seite gesetzt werden; aber in mehreren anderen Rücksichten versucht es eine höhere Bahn zu brechen." Und diese Kritik kommt dem Wert der „Ahnfrau" als Bühnenwerk wahrlich näher, als die späteren abfälligen Kritiken und Bemerkungen.

Mancherlei Interessantes für den gereiften Gr. gibt uns seine Selbstbiographie in der er von seiner ersten Beschäftigung mit theatralischen Dingen spricht. Sie mögen hier angeschlossen werden. So sagt er z. B. von seinem Vater: „Ich konnte ihm kein größeres Vergnügen machen als wenn ich ihm Romane, aber ausschließlich Ritter- und Geistergeschichten zutrug." Der erste zarte Keim zu dem Stoff der Ahnfrau ist hier in die Seele des Dichters gelegt.

Von dem Kindertheater eines Freundes sagt Gr.: „Ich malte Dekorationen und Figuren, die auf Pappe aufgeklebt und nach unten mit hölzernen Stängelchen versehen wurden. Wir Akademiker teilten uns in die Rollen — — und so führten wir, ohne uns zu schämen, vor einer zahlreichen Zuhörerschaft die größten Stücke auf". Das ist also die erste rein praktische Beschäftigung Gr.'s mit den Anfangsgründen des Theaters. Nicht zu übersehen scheint mir eine weitere Notiz: „Der Haupthebel unserer pseudodramatischen Unterhaltungen war der Herr des Hauses; der alte Hofsekretär Wohlgemuth, ein großer Freund und täglicher Besucher des Leopoldstädter Theaters. Er veranlaßte uns auch zu einem Versuch auf einem wirklichen sogenannten Haustheater".

Ueber sein erstes Bekanntwerden mit Schreyvogel berichtet G. in seiner Biographie ausführlich: „. . . . Er erklärte selbst, daß ihm meine Uebersetzung sehr gefallen habe und er fragte, ob ich denn keine Lust zu eigenen dramatischen Arbeiten habe, an der Befähigung sei kaum zu zweifeln." Gr. erzählt nun ausführlich, wie er den schon lange durchgearbeiteten Stoff der Ahnfrau Schreyvogel unterbreitet und seine Meinung darüber eingeholt habe. „Diesen Stoff nun erzählte ich Schreyvogeln, und zwar mit einer solchen Lebhaftigkeit und einer solchen bis ins Einzelne gehenden Folge, daß er, selbst Feuer und Flamme, ausrief: Das Stück ist fertig, Sie brauchen es nur niederzuschreiben." Dennoch bedarf es noch einer besonderen Anfeuerung durch Schreyvogel, ehe Gr. sich an die Arbeit begibt, nun allerdings mit dem Erfolge, daß er in nur 16 Tagen das Stück vollendet. In seiner eigenen Schilderung sagt Gr. betreffs der Versart: „Man hat mich um dieser Versart und wohl auch der sogenannten Schicksalsidee willen als einen Nachahmer von Müllners „Schuld" bezeichnen wollen. Eigentlich war es aber wohl Calderon und namentlich dessen Andacht zum Kreuze, was mir unbewußt vorschwebte, nebst dem, daß der Trochäus meinem erwachten Musikgefühle (vgl. die späteren Ausführungen dieser Arbeit) wohltat. Allerdings hätte ich ohne Müllners Vorgehen nicht gewagt, eine neue Versart auf die deutsche Bühne zu bringen."

Und nun soll Schreyvogel über die Aufführbarkeit entscheiden. Faßt er doch sein Urteil über ihn folgendermaßen zusammen. „Schreyvogel war ein vortrefflicher Kopf, in gehörigem Abstande allerdings eine Art Lessing" (vgl. Schr.s Aeußerung über sich selbst: „Wenn eine entschiedene Neigung viele Empfänglichkeit und ein ganzes der Kunst gewidmetes Leben ein Recht erteilen, seine Meinung über Werke des Genies zu äußern, so darf ich hoffen, nicht zu den unberufenen Beurteilern der Schaubühne gezählt zu werden"). — Als ich, so erzählt nun Gr. weiter, nach ein paar Tagen vorfragte, fand ich ihn beträchtlich abgekühlt." Dann schildert er, wie Schr. die Idee, daß das jetzt lebende Geschlecht geradezu die Frucht der Sünde der Ahnfrau sei, mehr hervorgehoben sehen wollte, und fährt dann fort: „Schr. hatte bereits mit den Schauspielern gesprochen, denen er die Rollen zugedacht hatte. Mme. Schröder wählte bloß vom Hörensagen das Stück zu ihrer Einnahme und für sich die Rolle der Bertha und des Gespenstes. Heurteur, der den Jaromir geben sollte, besuchte mich in meiner Wohnung..." — — Gr. war mit den von Schr. gewünschten Aenderungen durchaus nicht einverstanden. Er bemerkt, daß durch diese „tiefere Begründung" sein Stück aus einem Gespenstermärchen mit einer bedeutenden, menschlichen Grundlage sich jener Gattung genähert hätte, in der Werner und Müllner sich damals bewegten. Ja, er wollte bei den späteren Auflagen durchaus auf sein ursprüngliches Manuskript zurückgehen.

Das Stück wird zunächst von der Zensur verboten, durch die Konnexionen der Mme. Schröder jedoch, die bei ihrem Benefiz auch ein Wort mitreden durfte, freigegeben. Nach der ersten Vorstellung wird es wiederum verboten, bis der Hofschauspieler a. D. Lange, der den Grafen Borotin gibt, und vor allem Graf Pálffy, der Eigentümer des Theaters a. d. Wien, mit seinen kaufmännischen Gründen die erneute Freigabe erwirken: Die Ahnfrau war — ein Kassenstück geworden! Diese ganze Schilderung Gr.s ist äußerst lebendig

gehalten. Der Tag der ersten Vorstellung (31. Januar 1817)
ist gekommen. Ohne Angabe des Verfassers prangen an
den Straßenecken die Theaterzettel:

Die Ahnfrau. Trauerspiel in fünf Aufzügen.

Das Haus ist an diesem Abend nur mäßig besetzt, sodaß
die Benefiziantin, Mme. Schröder, keine großen Einnahmen
hat. Gr. sitzt mit seiner Mutter und seinem jüngsten (12 jähr.)
Bruder auf der ersten Gallerie. Die Vorstellung macht auf
ihn den widerlichsten Eindruck: „Es war mir, als ob ich einen
bösen Traum verkörpert vor mir hätte." — Gr. rezitiert
das Stück leise mit; auf der einen Seite mahnt die besorgte
Mutter zur Ruhe, auf der andern betet der kleine Bruder
um einen guten Ausgang des Stückes. Und hinter ihm —
wie der böse Geist im Faust hinter Gretchen — sitzt
ein alter Herr, der den Dichter nicht kennt und des öfteren
das Stück mit „grell, grell", apostrophiert. Der Beifall gilt
nur den Glanzpunkten der Schauspieler, nicht dem Stück.
Auch am nächsten Abend ist das Theater halb leer, aber
der Schauspieler Küstner prophezeit dem Dichter, daß erst
der Erfolg des Stückes sich herumsprechen müßte. Und
so ist's: „Bei der dritten Vorstellung fand sich das Theater
wie belagert, und das Stück machte in Wien und in ganz
Deutschland die ungeheuerste Wirkung." — — Das pekuniäre
Ergebnis sind 500 fl. Papiergeld von der Theaterdirektion
und ebensoviel vom Verleger, zusammen ungefähr 400 fl.
in Silber. Auf Schr.s Rat ließ Gr. sofort das Stück nach
der Aufführung drucken, weil die Rezensenten den Inhalt
und die Gesinnung auf's Unverschämteste entstellten. So
gaben es alle Theater in Deutschland nach dem gedruckten
Exemplar und machten ungeheure Einnahmen, ohne daß
es einem Einzigen einfiel, mir ein Honorar zu zahlen." —
Für sich behielt Gr. nur 50 fl. Papiergeld, die er dazu verwendet, sich die Braunschweiger Ausgabe von Shakespeare
in englischer Sprache zu kaufen. (vgl. Gr.s Selbstbiographie
und die Einleitung im 1. Bde. der großen Grillparzer-
Ausgabe).

Die Ahnfrau, die dem Drama den Namen gegeben hat,
ist ein Gespenst, und das ist die größte Gefahr für das
Stück, heute mehr als damals, wo man durch die romantische

Richtung in der Literatur viel eher dafür empfänglich war. Sofort fallen uns Hamlet und Macbeth ein, und die ausgezeichneten Ausführungen Lessings im elften Stück der Hamburgischen Dramaturgie. Er sagt von der Einführung des Gespensts bei Shakespeare: „Shakespeares Gespenst kömmt wirklich aus jener Welt; so dünkt uns. Denn es kommt zu der feierlichen Stunde, in der schaudernden Stille der Nacht, in der vollen Begleitung aller der düstern, geheimnisvollen Nebenbegriffe, wenn und mit welchem wir, von der Amme an, Gespenster zu erwarten und zu denken gewohnt sind." So Lessing über das Gespenst bei Shakespeare! Was er sagt, läßt sich wörtlich auf Gr.s Ahnfrau anwenden: Sie tritt zuerst auf in der nur von fahlem Kerzenschein erfüllten, düsteren, hohen gotischen Halle, spät abends, während draußen „losgelassene Winde wimmern"; nachher in dem von bleichem Mondlicht nur matt erhellten Grabgewölbe. Außerdem erscheint das Gespenst nicht (wie in der Semiraris) mehreren Personen, sondern im ersten Aufzug nur dem alten Grafen, im dritten nur Jaromir, während Bertha es nicht sieht; im fünften Aufzug endlich erst nur Jaromir, bis der Hauptmann mit Gefolge kommt, wonach jedoch sofort der Vorhang fällt. Also die Prinzipien, die Lessing über die Gespenstererscheinung aufstellt, sind hier gewahrt, und — im letzten Grunde fassen wir das Gespenst auf der Bühne doch nur auf als die Personifikation des Bösen im eigenen Ich des Helden, als die Schuld, das böse Gewissen, die Stimme aus der andern Welt, die diese Gestalt annehmen muß, um in die Handlung einzugreifen; als Vision, die der vom eigenen Ich Gepeinigte hat, und so werden wir uns der bedingten Wirkung des Gespensts auf der Bühne auch heute nicht verschließen können.

Die Entwicklung des Textes der Ahnfrau, wie er am 31. Januar 1817 gesprochen wird, ist folgende:

Gr. übergibt seine fertige Hs. der Ahnfrau Schreyvogel. Dieser versieht sie mit dramaturgischen Bemerkungen (I).

Auf Grund dieser Bemerkungen nimmt nun zunächst Gr. eine teilweise Umarbeitung vor (II).

Jetzt gelangen die einzelnen Rollen in die Hände der

Schauspieler, aber, wie das natürlich ist, in einer im Interesse der Aufführung stark gekürzten Form (III).

Nun kommt der Druck, der ja keine bühnenmäßigen
Anforderungen stellt: Also wird die gekürzte „Bühnenaus-
gabe" wieder in der älteren erweiterten Form gedruckt (IV).
Schließlich wird 1844 in der 6. Aufl. (vgl. Sauer Einl.
S. XLIII) von Gr. selbst noch einiges geändert, und es
entsteht nun die endgültige letzte Fassung (V).

Den Abdruck der ersten hs. und den dieser letzten
für den Druck veränderten Fassung bringt Sauer in seiner
großen Gr.-Ausgabe.

Legen wir uns die Frage vor, was auf den Wiener
Bühnen damals gespielt wurde, so stehen wir einem Wirr-
sal von Stücken gegenüber, das sich aus literarisch größten-
teils wertlosen Machwerken zusammensetzt. In Gr.s Kind-
heit, und auch noch später, in der Entstehungszeit der Ahnfrau, finden Schauerdramen ein dankbares Publikum. Daß
in ihnen Geistererscheinungen handelnd eingreifen, erhöht
ja für den damaligen Geschmack ihren Reiz, ja sogar der
Burggeist greift gespenstisch in die Handlung ein; wir haben
also hier direkte Vorbilder für das Gespenst auf der Bühne,
deren Aehnlichkeit mit der Ahnfrau frappant ist. Sagt doch
Gr. selbst: „Sonst führte man uns Kinder höchstens ins
Leopoldstädter Theater, wo uns die Ritter- und Geister-
stücke mit dem Kasperle Laroche schon besser unterhielten."
Und dieses Geisterwesen erscheint nun den handelnden Personen als Vertreter rächender Gewalten, ja als Vertreter
des Schicksals, und wir finden so den glatten Uebergang zur
Schicksalstragödie. Diese Wiener Volksdramatik kann sich
gar nicht genugtun an schaurigen Scenen, unheimlichen,
grauenerregenden Vorgängen, und pflichtschuldigst muß der
Geist, das Gespenst, die Lösung des tragischen Konflikts
bringen. So wurde Schikaneders „Konrad Langbart von
Friedeburg oder der Burggeist" 1812-13 im Theater a. d.
Wien, 1814 im Leopoldstädter Theater gespielt, und so
auch manches andere derselben Gattung. Und nun bringt
Gr. ein Werk auf die Bühne, dessen Titel allein schon eine
würdige Fortsetzung dieser Geisterdramen zu sein scheint.
Dank der Bemerkungen im Regiebuch setzt beim Aufgehen

des Vorhanges auch sofort der herkömmliche Schauerapparat ein: die Lichter verlöschen, die Windmaschine hinter der Scene arbeitet fieberhaft. Also wieder eine der herkömmlichen Schicksalstragödien? Nein, trotz und alledem steht die Ahnfrau viel, viel höher, trotz ihrer großen Schwächen ist sie dennoch ein Bühnendrama! Und in den literarischen Wust gehört die Ahnfrau vor allem nicht, sie zählt vielmehr zur eigentlichen romantischen Tragödie, zu deren Vertretern Zach. Werner und Müllner zählen. Und nun ist es gerade Schr., der den Schicksalsgedanken ausgeprägter durchgeführt wissen will: Die letzten Nachkommen des alten Geschlechts sollen deutlich den Fluch der Sünde tragen, die die Ahnfrau begangen hat. So nimmt das Gespenst einen man möchte sagen menschlichen Anteil an den Leiden der Familie, die es selbst verursacht hat. Gr. beherzigt diesen Rat, ja darüber hinausgehend macht er Jaromir zum unehelichen Kind. „Des Stammes dunkler Geist" wirkt, das Schicksal bestimmt die Handlungen jedes Mitgliedes der Familie, und so ergibt sich in dieser durch Schr. beeinflußten Bühnenbearbeitung denn die leicht erkennbare Parallele mit Müllner. Die Aufgabe dieser Arbeit ist es nun, dem bühnenmäßigen Einfluß dieser Vorbilder nachzuspüren.

Der Gedanke, die Beleuchtung, Geräusche hinter der Scene, und allerhand sonstige kleine und große Bühneneffekte zur Verstärkung des tragischen Moments heranzuziehen, war ja nicht neu, hatte aber in Werners und Müllners Bühnenwerken besonderen Ausdruck gefunden. Für unser heutiges Empfinden wäre das ein Uebertragen der verinnerlichten Darstellung in äußere Effekthascherei. Hier in unserm Fall müssen wir aber dem damals Herkömmlichen und dem herrschenden Geschmack Rechnung tragen. Ebenso ist Müllners Vorgang in der Anwendung des Calderon'schen spanischen Trochäus für Gr. insofern von Einfluß, als er ohne diesen Vorgang nicht gewagt hätte, als angehender Bühnendichter eine neue Versart anzuwenden. Wie nun aber stellte sich Schr. dazu? Er hatte in seinen Bearbeitungen spanischer Originale die Versart nicht übernommen, ja sie in der Vorrede zum „Leben ein Traum" als nicht theatralisch bezeichnet. Hier muß er jedoch einsehen, daß es Gr. in der Art, wie er rein klangmäßig den Spanier in sich aufnimmt und dessen rhytmischen Wohllaut in die deutsche Form umgießt, gelungen ist, nicht nur rein dichterisch zu wirken, sondern dem bühnenmäßig g e s p r o c h e n e n Wort als Hauptsubstanz der Darstellung große m u s i k a l i s c h e Klangwirkung zu entlocken.

Wir hatten festgelegt, daß Müllner, der, obwohl nur ein Blender, dennoch bis zu 'Gr.s Auftauchen auf der Bühne, der Theatergott war, als maßgebender Hauptvertreter der Schicksalstragödie galt, und können weiter sagen, daß er in seiner „Schuld" die Schicksalstragödie höchster Observanz gibt. Es ist daher notwendig, daß wir uns mit den rein bühnenmäßigen Effekten dieser Schicksalstragödie befassen, und näher darauf eingehen, wie diese Effekte symbolisch mit der Handlung verflochten sind. Es würde zu weit führen, wollten wir hier auf die Entwicklung der Theatermaschinen näher eingehen. Feststellen jedoch möchte ich nur, daß die Theaterausstellung im Jahre 1911, der die Gesellschaft für Theatergeschichte so großes und wertvolles Interesse entgegenbrachte, einen erstaunlichen Fortschritt und große Vollendung auf diesem Gebiet zeigte, sodaß heute jeder Stimmung mit größter Wahrheitstreue Rechnung getragen werden kann, und auch die Aufführung von Dramen mit kompliziertem scenischen Apparat ermöglicht wird. Man denke sich z. B. eine Aufführung von „Sappho" unter Zuhilfenahme des sphärischen Horizonts und des indirekten Bogenlichts (Fortunybeleuchtung), die die zartesten Abtönungen vom leuchtenden Blau des sonnenhellen Mittags durch alle Schattierungen hindurch bis zum fahlen Orangegelb und Violett des sinkenden Sommerabends und weiter zum flimmernden Tiefblau eines nächtlichen Sternenhimmels gestatten. Die höchste technische Vollendung in der Anwendung von Bühneneffekten erschließt heute einer Aufführung in dieser Hinsicht Möglichkeiten, an die zu Gr.s Zeiten natürlich nicht gedacht werden kann. Tatsache ist, daß in unserm heutigen Theater das Drum und Dran der Aufführung die persönliche Leistung des Schauspielers und die abstrakte Wirkung der Handlung unterdrückt, da das In-

teresse des Publikums dadurch abgelenkt wird, sodaß der
öfter gemachte Versuch, nach Art der Shakespearebühne
nur vor einem Vorhang spielen zu lassen, eine gewisse,
wenn auch bedingte Berechtigung hat. Das Höchste und
Letzte wird meiner Meinung nach aber auch hier durch
das harmonische Zusammenwirken von Künster, Dekoration
und Bühneneffekten erreicht werden, und warum sollen wir
heute auf die Verwendung des so vollendeten technischen
Bühnenapparates verzichten, wenn er uns in den Stand
setzt, Bühnenbilder von fast vollendeter Realität zu schaffen.
Ich möchte in diesem Zusammenhang nachdrücklich hinweisen, auf die Ausführungen des leider zu früh dahinge-
gangenen Wiener Burgtheaterleiters Baron Berger über das
Scenische bei Gr. in den Jahrbüchern Bd. IX.

Wie verbindet nun Gr. die rein äußerlichen Geräusche,
Beleuchtungsmomente, bühnentechnischen Effekte, mit dem
Schicksalsgedanken?

Die gotische Halle gibt durch ihre hohe, spitzbogige
Struktur schon etwas von der Stimmung her, die wir empfinden, wenn wir in einen gotischen Dom treten, dessen hochgewölbte Decke und entlegenere Winkel sich in geheimnisvoll verwischte Konturen verlieren. Wenn der Vorhang
sich hebt, muß das Auge des Zuschauers auf den Dolch
fallen, der an einer Kulisse des Vordergrundes hängt, genau
wie das unheildeutende große Messer in Zach. Werners
„24. Februar". Bemerkt sei hierbei gleich, daß Gr. selbst
nicht Vordergrund sondern Vorgrund schreibt, was er
wiederum mit Werner gemein hat (Wanda VII. 260). Es ist
später Winterabend; von außen fällt also kein Licht durch
die Fenster, während der hochgewölbte, düstere, gotische
Innenraum nur von einem Leuchter erhellt wird. Noch ehe
also ein Wort gesprochen ist, sind wir schon in jener
düster ungemütlichen Stimmung, wie sie auch Werner im
„24. Februar", Müllner in der „Schuld" bevorzugt; „Nun
wohlan, was muß geschehe!" ist das erste, was wir aus
des alten Borotin Munde hören. Das Verhängnis lastet auf
dem Geschlecht, der Stein ist im Rollen, mag er an's Ziel
kommen. Dieses Einsetzen mit der Interjektion ist typisch
für den vierfüßigen Trochäus und findet sich in Schlegels

Calderon-Uebersetzung und bei Müllner vor (Sauer I. 385).
Der Vergleich der Eiche ist wieder üblich im Schicksals-
drama; Gr. hat ihn in der „Medea" 1186 noch einmal, wo
er von den Schößlingen der gefällten Königseiche spricht.
Nachdem Borotin so die düstere Stimmung im Hause und
in der eigenen Brust gekennzeichnet hat, hören wir von
Bertha, wie es draußen aussieht (vgl. Müllners Schuld:
Elvira I. 2). Sie schildert aus dem Fenster blickend, den
Schneesturm, der die Erde wie mit einem Leichentuch bedeckt. „Eine grause Nacht, mein Vater!", so gibt Bertha,
ebenso wie Borotin, den Grundton, auf den ihre Seele ge-
stimmt ist. Den Vater hält der F a t a l i s m u s gepackt, die
Tochter erschauert vor den entfesselten N a t u r g e w a l t e n,
und dieses Grausen kehrt mit seinem tonmalenden Klang
noch öfter wieder (Das grause Zeichen 1589; mit bangem
Grausen 329; in des Waldes Nacht und Graus 2753; in
wüstem Graus 3097). Die Nachtgespenster scheinen unsichtbar gegen die Fenster zu flattern, ein ungeheures gäh-
nendes Grab ist's, in das sie schaut. Und auch die Nacht
mit ihrem schauerlichen Drum und Dran erscheint mehrfach (33, 314, 570, 1660, 2115, 2478, 2754, 1329) ja sie wird
personifiziert, erst h i e r als Nachtgespenster, wird ein „Un-
geheuer", das Jaromir „mit tausend Flammenaugen glotzend
anstarrt" und schließlich zu „höllischen Nachtgespenstern"
(953) und „höllischem Nachtgesicht" (996) wird, und spielt
im Verein mit den Worten: Grab, Tod, Leiche, Leichnam,
genau wie bei Müllner ein starkes K l a n g element zur
Erzeugung der ganzen grauenhaften Atmosphäre einer Toten-
gruft; denn wir müssen ja mit dem g e s p r o c h e n e n Wort,
also mit der Tonmalerei, hier ständig rechnen, die sich
in dem Wimmern losgerissener Winde gleich wieder dokumentiert. Da aber Gr. mit dieser Stimmung kein Leben
auf der Bühne entfalten kann, so läßt er durch Bertha, als
der Vertreterin der hoffnungsfroheren Jugend, jetzt Töne
neuen Lebens, neuer Hoffnung anschlagen. Aber nur noch
mehr wühlt sich der alten Borotin in den Gedanken, „daß
das Schicksal hat beschlossen von der Erde auszustoßen
das Geschlecht der Borotin!" Das Wort Schicksal, das
jedesmal, wo es erscheint, die Handlung apostrophiert,

kommt in der Ahnfrau neunmal vor. — Vers 291 zeigt dann
wieder den deutlichen Einfluß Müllners. Die „Schuld" beginnt mit dem Harfenspiel und dem Monolog der Elvira
(vgl. den musikal. Einschlag in allen Gr.'schen Dramen), die
Klänge leiten den Vater gleichsam besänftigend über zu
dem Monolog, der stark an Gretchens Lied: „Meine Ruh
ist hin . .", erinnert. — Borotin ist eingeschlummert, Bertha
mit Worten erwartungsvollen Glücks abgegangen, so daß
diese erste Scene mit einem freudigeren Accord ausklingt.
„Pause" — so schreibt Gr. vor, mit vollem Recht, aus dem
k ü n s t l e r i s c h e n Grunde, daß er jetzt die lastende Stille
wirken lassen kann, und dem p r a k t i s c h e n Grunde, daß
die Schauspielerin, die die Bertha darstellt, sich zur Ahnfrau wandeln kann, indem sie sich, (laut Bühnenanweisung)
einen wallenden Schleier umlegt. Es ist nicht gesagt, daß die
Ahnfrau durch eine T ü r auftritt, sondern sie „erscheint"; am
besten also wird sie aus einer Versenkung hinter einer der
Säulen hervortreten. Gr. war geschmackvoll genug, ihr nicht
irgendwelche äußeren Attribute, wie etwa Blutflecke oder
einen blutigen Dolch zu verleihen, wie sie die „blutende
Gestalt" aufweist; leider glaubte sich aber der Regisseur,
unter dem Einfluß der bisherigen Schicksalstragödien stehend,
bemüßigt, es dem Wiener Vorstadtdrama anzuähneln: Die
Uhr schlägt, die Lichter verlöschen, der Sturm heult, ein
seltsames Geräusch begleitet das Auftreten der Ahnfrau,
und diese für unser heutiges Empfinden nur noch lächerlich
wirkenden Begleitumstände gehen durch die unsinnigen Re-
giebemerkungen sogar in die ersten fünf Auflagen der Ahnfrau über. Selbstredend wirkt vielmehr die absolute lautlos-
lastende Stille am erschütterndsten hier. Daß die Gestalt
den Grafen mit toten Augen anstarren soll, ist nicht prak-
tikabel. Wirkungsvoller scheint mir, wenn das Gesicht, ebenfalls durch einen dünnen Schleier verhüllt ist, damit der Zuschauer die Züge nicht e r k e n n e n, sondern nur a h n e n
kann: der erwachende Graf hält daher die Gestalt solange
für Bertha, bis ihm das tonlose, hohle „Nach Hause" ent-
gegenklingt, mit dem die Ahnfrau abgeht, und zwar diesmal (am besten) durch eine der beiden Türen des Hintergrundes. Für 344 hat Gr. vergessen, daß Bertha und der

Kastellan mit Lichtern kommen müssen, da ja die Bühne in völliges Dunkel getaucht ist; zudem wirkt der Lichtschein befreiend für den Grafen, wie für das Publikum, und gibt gleichzeitig eine schöne malerische Wirkung. Der Graf braucht eine Zeit, um sich zu fassen, während welcher die Schauspielerin hinter den Kulissen herum geht, den Schleier ablegt, und als Bertha die Bühne betritt, herbeigelockt durch den Angstruf des Vaters und begleitet vom Kastellan. Die Bühnenanweisung der ersten Fassung (vor 316) „schwer atemholend" können wir hier gar nicht entbehren. Von erschütternder Kraft ist die Identifizierung Berthas mit der Ahnfrau und ihre völlige Unkenntnis des Vorgefallenen, bis schließlich die Erzählung der Begebenheit vom Tage vorher, wo Bertha im Spiegel nicht ihr eigenes, sondern ein verzerrtes Bild der Ahnfrau sieht, den Kastellan auf das entsetzte: „Weh, die Ahnfrau!" bringt; und so gewinnt nun Gr. die Möglichkeit, ihn die unheilschwere Mär von der Ahnfrau erzählen zu lassen, die auch nach außen hin ihren Höhepunkt erreicht, als bei seinen Worten: „Darum pocht's in dunkler Nacht" — entferntes Getöse erschallt, das sich gleich darauf wiederholt. Wiederum zeigt Gr., daß er großen künstlerischen Geschmack besitzt, denn das Getöse ist motiviert dadurch, daß jemand Einlaß begehrt; es ist nicht nur ein Geräusch, welches ohne Motivierung das Grauen erhöhen soll. Nachdem Borotin und Bertha ab sind, stürzt Jaromir mit allen Anzeichen seelischen und körperlichen Gebrochenseins herein, begleitet vom Kastellan. Dadurch gewinnt Gr. wieder den Vorteil, daß sich das Interesse des Zuschauers zunächst völlig auf Jaromir-Günther erstreckt. Vers 726 „unser Günther mag ihn weisen in das köstlichste Gemach" klingt stark an Müllner an: Schuld I. 5 „Und in des Gebäudes beste Zimmer führt die Fremden ein". Und III. 2 „Ihre (der Burg) freundlichste Gemächer sind Euch freundlich aufgetan". — Die erste Fassung schließt mit Vers 739 der endgültigen, dem beiderseitigen „Gute Nacht". In der ersten Fassung folgt danach eine Pause, dann schlägt die Schloßuhr acht und die Ahnfrau schreitet über die Bühne „ringt wehmütig die Hände und geht ab." Während ihres Abgehens fällt der Vorhang. Natürlich ist das schlecht:

Je seltener das Gespenst auftritt, umso wirksamer ist es; daß es nun gar die Hände ringt, grenzt für unser heutiges Empfinden stark an's Komische. In der endgültigen Fassung hält Jaromir statt dessen einen Abgangsmonolog, der mit seinen antiken Anspiegelungen aus dem Rahmen der Handlung ganz herausfällt und an die „Braut von Messina" (2424); „Schützende Götter des Hauses entweichet"; (2577) „in seinem stillen Asyle", Blanka 1747 aus diesem heiligen Asyl", erinnert. An die Zeiten schlimmster Theaterei gemahnt die Bemerkung vor dem Schlußmonolog: Jaromir (in den Vorgrund tretend). Sie gab dem Helden Gelegenheit, sich mit viel Pose und hohlem Pathos einen äußerst wirkungsvollen Abgang zu verschaffen. — Dieser Schlußmonolog ist auf Schr.s Anregung zurückzuführen, wie weiter unten bei Besprechung der ersten Fassung gezeigt wird.

Der zweite Aufzug zeigt dieselbe Halle wie im ersten, es herrscht „dichtes Dunkel". Jaromir stürzt herein und läßt dem Ausbruch des Entsetzens freien Lauf. Die „losgelassene Hölle (Jungfrau v. Orléans 4161; Räuber V. 1 IV. 2) hat auch im 29. Februar ihr Vorbild: Des Schlummers Ruh' stört „die losgelassene Hölle auf des Vaters Sterbestelle", während die „mit Vampyr-Rüssel saugende Angst" ihre Parallele in der „Schuld" hat: Hugo zu Elvira: „Saug' das Blut mir aus den Adern". Sehr klangschön ist der allmählich zum geheimnisvollen Flüstern herabsinkende, anfangs so tönende Gefühlsausbruch, und dieses Flüstern leitet allmählich zum Gebet Berthas über, das er hinter der Tür links vernimmt, und welches ihm selbst wie aus der Seele gesprochen ist. Sie ist in diesem Moment die Verkörperung des guten Gedankens, der letzte Halt, zu dem der innerlich zerrissene Jaromir noch flüchten kann. Daß nun aus der sich öffnenden Tür die Ahnfrau tritt und von Jaromir für Bertha gehalten wird, beweist Gr.s instinktives Empfinden für dramatische Wirkungen. Sie, die Ersehnte, winkt ihn fort! — Die Schwierigkeit, die sich 814 f. bietet, liegt darin, daß Bertha und die Ahnfrau gleichzeitig auf der Bühne sind; hier muß natürlich eine andere Schauspielerin die Rolle der Ahnfrau übernehmen. Bertha mag vorne links (vom Publikum) auftreten und soll nur Jaromir, nicht aber die Ahnfrau erblicken, während diese langsam nach hinten Mitte abgeht, verfolgt von den entsetzten Blicken und Gesten Jaromirs. Daß Gr. bewußt über die Klippe, die ihm der Auftritt bietet, hinweggleitet, zeigt sich 817/818: „Warum starrst Du also wild hin nach jenem d ü s t e r n Winkel?" Er gibt also hier durch den Text noch einmal die Bühnenanweisung wieder (i n d i r e k t e Bühnenanweisung), daß der Hintergrund sich ganz in Dunkel verlieren soll. Folgt die tragische Verwechslung, daß er die leibhaftige Bertha wieder nur für ein Schemen hält. Zu 942 f. ist zu bemerken, daß sich Jaromir und Bertha allmählich ganz nach rechts (v. Zusch.) hinübergespielt haben müssen, und zwar so, daß Jaromir immer noch nach hinten links starrt, während Bertha nur i h m in die Augen schauend jener Richtung den Rücken wendet. Mit der Vers 1184 neu einsetzenden Scene, dem Auftritt des Hauptmanns, beweist Gr., wie straff er die Zügel der Handlung in der Hand hält, wie scharf pointiert er Effekt an Effekt reiht. Für den Zuschauer ist sofort klar, weshalb der kaiserliche Hauptmann zu so später Stunde erscheint und Jaromirs Gebahren bestätigt das nur.

V. 1278—84 ist sicherlich von Gr. in seinen wunderbaren Klangelementen durch Schillers Glocke beeinflußt, wie ja überhaupt Gr. hier wie in seinen späteren Dramen sich selbst an dem Klang des g e s p r o c h e n e n Worts zu berauschen scheint — folgt die Stichomythie zwischen dem Hauptmann und Jaromir in stark dramatischer Steigerung, die dann den Konflikt bis fast zur Entdeckung Jaromirs weiterführt.

V. 1363 „Waffen, Waffen! Gebt mir Waffen!" zeigt dieselbe Hervorhebung, die schon Horaz I, 35: „Ad arma . ., ad arma concitet" anwendet. V. 1371—81 zeigt Jaromir dieselben Tendenzen, die Karl Moor in den Räubern entwickelt: „könnten sie es wagen, die Verruchten, rückzuschlagen, da auf sie das Schicksal schlug." Er verficht also die Selbsthilfe durch das Faustrecht, den Ausgleich sozialer Unterschiede durch brutales Nehmen dessen, was dem vom Geschick weniger Begünstigten nicht gegeben ist; so gewinnt er, obwohl er wider die Gesetze handelt, doch eine gewisse Sympathie für sich.

Eine ausgeführte indirekte Bühnenanweisung (also durch
den Text) für den Schauspieler gibt Gr.

V. 1425—29. Zwinge dich doch länger nicht,
Jaromir, und geh zu Bette.
Leichenblaß ist dein Gesicht,
Und aus deinem düstern Auge
Blickt des Fiebers dumpfe Glut.

V. 1435: das Schnupftuch an die Stirn pressend —. hat
offenbar den wohlüberlegten Zweck, das Gesicht Jaromirs
dem alle Räuber kennenden Walter teilweise zu verbergen,
unter dem Vorwand, Kopfschmerzen zu haben.

V. 1585 „Ist es Tod —" (Es fällt ein Schuß) zeigt
dieselbe Technik wie V. 570 „Darum pocht's in dunkler
Nacht—" (entferntes Getöse). Gr. verwendet das begleitende
Geräusch im Zusammenhang mit der Handlung bei schon
an sich schaurigen Momenten im Dialog und findet (Sauer
S. 402) Parallelen dazu in Werners 24. Februar, wo die
Handlung vom Schrei einer Eule symbolisch begleitet wird,
und „Schuld" I. 2: „Eulen groß wie Adler hacken an die
Fenster".

Hatten die Verse 1534—87 in einer völlig abgeschlosse-
nen Gedichtform rückblickend die Empfindungen Berthas
in lyrischer Form gegeben, so steigert sich der Schluß
des zweiten Aufzugs zu hochdramatischer Wirkung. Leider
können wir uns nicht verhehlen, daß dieses lyrische Ein-
schiebsel (1534—87) in einem Augenblick, wo die Handlung
mit äußerster Gewalt zum Resultat drängt, zu retardierend, ja
beinahe langweilig wirkt. V. 1504—34 würden genügen,
Berthas Stimmung deutlich zu machen. An und für sich
k a n n die Retardierung kurz vor dem Aktschluß äußerst
wirksam sein (vgl. Othello 5. Aufzug das lyrische Lied der
Desdemona vor ihrem Tode), aber ein so langer lyrischer
Monolog wie hier wirkt bei all seiner Schönheit auf der
B ü h n e peinlich, schon deshalb, weil ein in alle seinen
Tiefen aufgeregter Mensch sich allenfalls in a b g e b r o c h e-
n e n, zusammenhanglosen Sätzen, nicht aber in wohlge-
setzter Rede Luft macht. Hier also glauben wir dem Rot-
stift des Regisseurs unbedingt das Wort reden zu müssen.

Auf kleinere Striche, wie sie bei Aufführungen der Ahnfrau berechtigt sind, bin ich nicht eingegangen, da sie meist nicht aus künstlerischen, sondern aus praktischen Gründen gemacht werden.

Auch der dritte Aufzug weist die gotische Halle auf, sodaß, sehr zum Vorteil der tragischen Handlung, eine durch Umbau bedingte längere Pause nicht nötig ist. Der Auftakt ist wieder stark lyrisch, ja Sauer (S. 403) weist durch den Vergleich mit der Zauberflöte II. 21 Tamino und Pamina: „Wie bitter sind der Trennung Leiden" eigentlich direkt darauf hin, daß das musikalische Element, von dem Gr. in seiner Selbstbiographie (s. oben) ausführlich spricht, wieder hier stark mitgewirkt hat. Ich habe beinahe das Empfinden, als hätte Gr., begeistert vom Schwung seiner eigenen Verse, halblaut jedes Wort beim Niederschreiben mitgesprochen, so daß also auch die Klangwirkung des gesprochenen Wortes stark mitspielt, wie ich ja schon weiter oben auf die Klangwirkung von Worten wie: Tod, Leiche, Leichentuch, Grab — zur Erzeugung der Stimmung auf der Bühne nicht nur durch äußere Effekte, sondern durch das vom Schauspieler gesprochene Wort selbst, hingewiesen habe.

V. 1617 zeigt die Technik des Doppelsinns: B. „Sprich, wie fühlst du dich? — Jar. (scheu und düster) „Gut! gut."

V. 1618—21 gibt wieder indirekte Bühnenanweisungen: „Jaromir, wie siehst du bleich. . ." Der Schauspieler muß also bleich geschminkt sein, den Arm in der Binde tragen, sein Aermel blutbefleckt sein. Aus V. 1685 geht dann hervor, daß Jaromir von Anfang an eine Schärpe getragen und sich diese als Binde um den Arm gebunden hat.

Zu V. 1688 (vgl. S. 403 bei Sauer). In der ersten Fassung stand an dieser Stelle: „Die Tischlade öffnend" als scenische Bemerkung. Das fehlt hier, obwohl es durchaus gut ist. Warum soll Bertha nicht wissen, daß in der Tischlade für alle Fälle Verbandzeug ist? Unmöglich dagegen ist die Regiebemerkung im ersten Regiebuch: „links auf dem Tische steht ein Kästchen mit Balsamfläschchen und Linnenstreifen zum Verbinden", denn dann wäre ja der Weiterentwicklung der Handlung bewußt vorgegriffen; jemand hätte dann in weiser Voraussicht der Dinge, die da kommen sollen, schon die Vorkehrungen getroffen. V. 1687 gibt also die Ba., daß eine Büchse mit Balsam und Leinenzeug irgendwo, vielleicht, wie Gr. erst wollte, in der Tischlade, untergebracht ist.

V. 1699. „die Schärpe ablösend": Diese Anweisung ist, wie weiter oben bemerkt, schon für den ersten Auftritt Jaromirs maßgebend.

V. 1713. Die Anweisung „Jaromir (wild)" gibt dem Schauspieler zu tun: sie verlangt in dem Augenblick ein Aufrichten des Körpers, ein Straffen aller Muskeln, einen funkelnden Blick und endlich einen jähen Ausbruch des Organs.

Vor V. 1724: „Ein Soldat kömmt, ein abgerissenes Stück Schärpe in der Hand" hier arbeitet also Gr. direkt mit einem groben Theatereffekt, ja beinahe mit dem Indizienbeweis aus einem Kriminalroman.

V. 1763: „Sie läßt ihr Schnupftuch auf die Erde fallen, so daß es die am Boden liegende Schärpe bedeckt", das ist schlecht und beweist, daß Gr. mit der Bühnenpraxis noch nicht Bescheid wußte. Wollte nämlich die Schauspielerin das tun, so müßte sie beinahe ein Jongleurstückchen vollführen, denn die Schärpe ist größer als das Tuch, und wäre das auch nicht der Fall, so könnte das Tuch doch im Fallen sehr leicht daneben flattern. Es ist einfacher, wenn Bertha auf das Stichwort: „Hier, am Arme" aufspringt, und auf das Stichwort „und dieser Fetzen blieb statt ihm in meiner Hand" einfach einen Schritt vor und über die Schärpe tritt, so daß ihre Kleidung diese verbirgt. Der Bericht des Soldaten ist (nach Sauer 404) eingelegt in der zweiten Fassung auf Grund der Erzählung von Jagd und Stiergefecht in der „Schuld", die ihrerseits wieder (nach Schneller III. 325) Schillers Glocke nachahmt.

V. 1800 bildet den Höhepunkt der dramatischen Verwicklung in dem schmerzzerrissenen Ausruf Berthas: „Weh mir, weh! — Es ist geschehen!" Da sie sich nun in den Sessel wirft, wird die Schärpe wieder sichtbar, so daß also Jaromir nicht erst das Schnupftuch aufzuheben braucht (vgl. oben). — Aus dem „Ha!", das er beim Anblick des abgerissenen Schärpenstückes ausstößt, geht hervor, daß die

Worte „Meine Schärpe" davor, fragend, verständnislos vom Schauspieler zu sprechen sind. — Sauer weist (S. 404) darauf hin, daß V. 1803 ff in der „Schuld" III. 3 ihre Parallele haben: beidemal das Gefühl der Befreiung von einem auf dem Gewissen lastenden Druck.

V. 1854 Indirekte Ba.: „Schüttle nicht dein süßes Haupt", so daß also die Schauspielerin auf das Stichwort: „diese Hand — — — hat von Menschenblut geraucht" nur ungläubig, fassungslos den Kopf schüttelt.

V. 1856—58:

> Weil die Augen Wasser blinken,
> Weil die Arme kraftlos sinken,
> Weil die Stimme bebend bricht,

gibt, eine indirekte Ba., die Art wieder, in der Gr. diese Unterredung mit Bertha gespielt wissen will: nicht pochend auf seine Taten, sondern zerknirscht über den Verlust des geliebten Mädchens soll Jaromir sprechen.

V. 1922 „und die Harte hört mich nicht", zeigt, daß Bertha während der ganzen Erzählung wie taub gegen seine Worte gesessen hat.

V. 1935 die Anweisung (Sie eilt fliehend gegen den Vorgrund. Jaromir erreicht sie und faßt ihre Hand, die sie nach einigem Widerstreben in seiner läßt. Sie steht mit abgewandtem Gesichte) bringt eine starke sprechende B e - w e g u n g als scharfen Gegensatz zu der bisherigen Regungslosigkeit Berthas.

V. 1951 (ihre Knie umfassend) Jaromir ist also schon bei den Worten:

> Als ein neues, reines Wesen
> Wie aus meines Schöpfers Hand,
> Lieg ich hier zu deinen Füßen

auf die Kniee gesunken. denn sonst könnte er ja Berthas Kniee nicht umfassen. Es folgt also hier die direkte auf die indirekte Ba. (Die schwach sich Sträubende in seine Arme ziehend) gibt eine wirkungsvolle Gruppe: Jaromir, der bisher Zerknirschte, ergreift auf's Neue von ihr Besitz, während ihr Widerstreben nur noch rein äußerlich ist. — Daß, eine Zeile später, (aufspringend) nicht möglich ist, geht aus der vorigen Anweisung hervor; denn Jaromir muß schon bei

V. 1970: „Du bist mir rückgegeben", aufgestanden sein, um sie in die Arme zu ziehen.

Der sich steigernde Ausruf: „Bertha! Mädchen! Gattin! Engel! wirkt geradezu wie ein in Musik gesetztes Jubeln. Das S c h e m a von Tonhöhe und -Tiefe (ohne daß die Töne hier b e s t i m m t angegeben sein sollen), ist also

Bertha!   Mädchen!   Gattin!   Engel!

V. 2074 „Wär' dies Fläschchen wohl genug" gibt an, daß Jaromir schon beim Auftritt das Fläschchen im Gürtel versteckt haben muß.

V. 2081 kommt wieder die Schicksalsidee mit ganzer Wucht zum Ausdruck: „Hängt denn nicht an jener Mauer dort ein Dolch?" B.: „Als ein Zeichen hängt er da, von dem nächtlichen Verhängnis, daß auf unserm Hause brütet" — und um die Wirkung zu vollenden, erscheint die Ahnfrau hinter den beiden, „die Hände wie abwehrend gegen sie ausgestreckt". Im Verein damit packt Bertha Grabesschauer, Leichenduft umweht sie, die typischen Ausdrücke der Schicksalstragödie erklingen wieder mit ihrem tonmalenden Sinn.

Aus V. 2101 „Bleib' zurück" geht hervor, daß Bertha Jaromir zurückzuhalten sucht, wie sie es 2126 ausspricht „Ach halt ein" (indirekte Ba.).

Vor V. 2130 (Er nimmt den Dolch. Die Ahnfrau verschwindet): Hier also war sie als Warnerin aufgetreten und wird unsichtbar im Augenblick, wo Jaromir den verhängnisvollen Dolch ergriffen hat. — Die für die Schicksalstragödie typische Jugenderinnerung, um anzudeuten, daß die gegenwärtige Lebensepoche nur ein Teil in einer langen Kette von Abschnitten ist, also ein vorher bestimmtes Schicksal, findet sich auch in der „Schuld" III, 2. „Und mir ist als hätten diese Zimmer mich als Kind umgeben usw."

— — Das Schlußwort des dritten Aufzuges ist wieder doppelsinnig: „Und gedenk! Um Mitternacht!" — Zunächst ist das nur zeitliche Bestimmung, dann aber gemahnt das Wort auch an die Geisterstunde und den damit verbundenen Zauber.

Die scen. Bemerkung (mit erhobenem Dolche ins Seitengemach ab) ist für unser heutiges Empfinden schlimmste Theaterei, zeigt aber den pathetischen Schauspielstil damaliger Zeit in grellem Licht: Das Publikum könnte ja einen Augenblick den verhängnisbringenden Dolch vergessen haben; also wird er ihm noch einmal sinnfällig in Erinnerung gebracht.

Auch der vierte Aufzug zeigt die gotische Halle. Im Gegensatz zum ersten Aufzug, wo es nur heißt „Licht auf dem Tisch", zum zweiten, wo „dichtes Dunkel" vorgeschrieben, zum dritten Aufzug, wo k e i n e r l e i Beleuchtungseffekt angegeben ist, wir aber ebenfalls Kerzenbeleuchtung annehmen müssen, sind hier ausdrücklich „Lichter" vorgeschrieben.

„Bertha sitzt, den Kopf in die flachen Hände, und diese auf den Tisch gelegt". Damit kommt das völlig nach Innen gekehrte Sich-selbst-Betrachten, die völlige Interesselosigkeit für alltägliche Dinge zum Ausdruck, und gewährt so für den Zuschauer das Bild eines gänzlich gebrochenen Menschen besser, als etwa ein langer Monolog Berthas, der ihr Empfinden psychologisch analysieren würde.

Zu V. 2166—72 sei bemerkt, daß lediglich „wimmernd heult der Sturm von außen" als indirekte Ba für's Bühnenbild zu gelten hat und durch die Windmaschine diskret zum Ausdruck gebracht werden darf, während

auf den dunklen Stiegen rauscht es
durch die öden Gänge wimmert's
und im Grabgewölbe drunten
poltert's mit den morschen Särgen

nur durch die K l a n g wirkung des g e s p r o c h e n e n Wortes wirken, nicht aber etwa durch sonstige Nebengeräusche zum Ausdruck gebracht werden darf, die ja auch durch das Geräusch der Windmaschine gar nicht zur Geltung kämen. Besonders hingewiesen sei hier wieder auf die Klangwirkung der Worte: Wimmern, sinnverwirrend, die mit Innern, Stiegen und Hirn eine bewußte Wirkung des Vokals i; heulen, Sturm, dunklen (Stiegen) rauschen, drunten, sträuben, eine solche des Vokals u (au, eu); während öde, Grabge- wölbe, poltern, morsch und empor, eine solche des Vokals o (ö) hervorrufen. Ich kann mich der Ueberzeugung nicht verschließen, daß diese Klangwirkungen, die an sich nicht Gr.s Erfindung sind, sondern zum Apparat der Schicksals- tragödie gehören, von ihm mit bewußtem Hinblick auf das von der Bühne gesprochene Wort angewandt wurden, umsomehr, als sich auch in den späteren Dramen dafür Belege finden. Speziell hier gibt die Aufeinanderfolge der Vokale i, o, u, tonmalend nicht nur das Geräusch des Windes, sondern überhaupt akustische Wirkungen des allgemeinen Grauens wieder.

Das Gebet Berthas, unterbrochen durch den Bericht Günthers, zeigt die intuitive Begabung Gr.s für das bühnen- mäßig Wirksame. Dem „in höchster Angst, fast schreiend" ausgestoßenen „Wend' es ab! — Ach, wende! Wende!", dem allmählich sinkenden „Oder ende! — ende! — ende!" folgt die P a u s e. Es ist das vierte Mal, daß Gr. die völlige Stille auf der Bühne bewußt wirken läßt: nach dem Ab- gang Berthas und vor dem ersten Auftritt der Ahnfrau, das zweite Mal nach dem Abgang des Grafen und Berthas und bevor Jaromir hereinstürzt, das dritte Mal zu Beginn des dritten Aufzuges nach den vier lyrischen Versen Berthas und vor dem Auftritt Jaromirs. Am dramatischsten wirkt entschieden die erste und vierte Pause. Dieses Empfinden für die große Wirksamkeit völliger Ruhe auf der Bühne vor starken Effekten scheint mir besonders hervorhebenswert; hat doch ein genialer Regisseur fast hundert Jahre später ge- nau so großen Wert auf das Innehalten der Pausen gelegt, Dr. Otto Brahm, der so früh dahingegangene Leiter des Lessing-Theaters in Berlin. Die Pause auf der Bühne, die ja an sich dem Prinzip des δρᾶμα - Handeln zu wider- sprechen scheint, ist als n e g a t i v e s Handeln erfaßt, äußerst wirksam. Es sind die Momente, die auch im Alltagsleben sich vor großen Entscheidungen zu Ewigkeiten zu dehnen scheinen. Wie gemeißelt steht die Gruppe Günther-Bertha

„mit gespanntester Aufmerksamkeit horchend". Und nun
tönt in diese lastende Stille „ein Schrei," ein ungewisser
Laut seelischer und körperlicher Qual, von dem keiner weiß,
wer ihn ausstieß, was er bedeutete. Das Echo der Angst:
G: Ein Schrei — B: Ein Schrei — G: Wieder Stille —
B: Wieder Stille — G: Himmel war das nicht die Stimme —
B: Wessen Stimme? — Das zum wiederholten, flehenderen:
Wessen Stimme? anschwillt, geht allmählich in die Technik
der Klimax über: erst ein Schrei, nicht der Schrei eines
Tieres, sondern eines Menschen — eine Stimme, ein Gegen-
stand, der am Boden liegt, der an der Linde liegt und
der in der ahnungsschweren Erkenntnis Berthas zu den drei
Worten wird: „Gott, mein Jaromir!" Natürlich muß diese
Scene mit wachsender Geschwindigkeit bis zur atemlosen
Hast gespielt werden.

V. 2272 (Bertha steht bewegungslos): noch einmal läßt
Gr. die völlige Ruhe der Gestalt wirken, die bereit ist, wie
ein Opfer den Todesstreich zu empfangen und in die in dem
Augenblick Leben kommt, als der Hauptmann von den
beiden in Betracht kommenden Männern den Vater nennt.

V. 2280. „Nun habt Dank für eure Botschaft" enthält
eine indirekte Ba. für die Vertreterin der Rolle der Bertha.
Auf das Stichwort: Hauptmann: „Noch ist es uns nicht
gelungen" muß sie freudig erregt aufatmen, wie von einer
schweren Last befreit: „Nun habt Dank für eure Botschaft".
— — Dieselbe Technik der Steigerung im Ausdruck
seelischer Angst durch Wiederholung eines prägnanten Wortes (vgl. V. 2246—64) wendet Gr. V. 2326—29 wiederum
an und verbindet damit die Wirkung auf's Publikum, daß bei
dem wiederholten: „Ein Dolch in seiner Brust" des Hauptmanns, B: „Einen Dolch?" H: „Ja, liebes Fräulein!" B:
„Einen Dolch?" H: „Ja, einen Dolch" für den Zuschauer die
Möglichkeit des tragischen Ausgangs der Handlung
durch die Kenntnis der Vorgeschichte des Dolches zur Ge-
wißheit wird.

Zu V. 2331 (Soldaten und Diener bringen den Grafen
auf einer Tragbahre, die sie in der Mitte der Bühne nieder-
setzen) sei bemerkt, daß Gruppen, deren Schwerpunkt auf

der Mitte der Bühne liegt, immer ein sehr wirksames und geschlossenes Bild ergeben. (vgl. unten: Gruppenwirkung).

V. 2348: „Wo ist Jaromir?" B: „Ich weiß nicht" Graf: „Wo ist Jaromir mein Kind", vgl. 2246—64 und 2326—29.

Vor V. 2350 (Ihr Gesicht in die Kissen verbergend). Im Verein mit „Vater! Vater!" gibt die unausgesprochene Erkenntnis von Jaromirs Schuld.

V. 2438 und 2446 gibt die genaue Anweisung für Maske und Alter Jaromirs: Boleslav „Einst, jetzt sind's wohl 20 Jahre . . . da gewahr ich . . . . einen Knaben; kaum 3 Jahre mocht er haben." Boleslav: (mit gesenkten Augen) scheint für einen Räuber etwas zu weich zu sein — V. 2506—09 vgl. V. 2246—64.

V. 2326—29 (sich mit höchster Anstrengung aller Kräfte vom Lager aufrichtend) beweist, daß Gr. in der Anwendung dieser Technik eine starke auch rein äußerliche Steigerung hervorrufen wollte.

Nach V. 2517 „Todespforte tu dich auf" (— Pause — alle stehen in stummen Entsetzen) als erwarteten sie unter dem Druck des auf dem Hause lastenden Schicksals wirklich, daß das Ungeheuerliche geschehen solle. Und um diesem Schicksalsgedanken auch sichtbaren Ausdruck zu verleihen, erblickt der Graf den verhängnisvollen Dolch zu seinen Füßen. Die Requisite wird, ebenso wie das Geräusch der Naturgewalten, das geheimnisvolle Knacken, das Schleifen beim Erscheinen der Ahnfrau, mit dem Schicksalsgedanken verflochten:

> Dieser war es? Dieser Dolch?
> Ja du bist es, blutig Eisen,
> Ja du bist's, du bist dasselbe,
> Das des Ahnherrn blinde Wut
> Tauchte in der Gattin Blut.
> Ich seh' dich, und es wird helle,
> Hell vor meinem trüben Blick.
> Seht ihr mich verwundert an?
> Das hat nicht mein Sohn getan!
> Tiefverhüllte finstre Mächte
> Lenkten seine schwanke Rechte!

Und jetzt folgt der ganze scen. Apparat, den Gr. in der
Ahnfrau mit dem Schicksalsgedanken verbindet: der Dolch,
die Ahnfrau, die Wortmalerei in dem Bild vom sich fort-
wälzenden Strome. Es löst sich dann aus der Gruppe, nach
einer Pause, Günther, als derjenige, der einerseits durch
kein verwandtschaftliches Empfinden in Anspruch genommen,
andererseits aber doch durch langjährige treue Dienste mit
dem Hause genügend verwachsen ist, um nach der vom
letzten Todesröcheln des Grafen angefüllten Pause den Umstehenden den eingetretenen Tod zu verkünden.

Nach V. 2597 (Bertha sich aufrichtend): also von V. 2516
Der Hauptmann und alle Umstehenden entblößen die
Häupter. Feierliche Stille). In dieser Ba., die die Gruppen-
wirkung betont, ist es charakteristisch, daß der Hauptmann
als rauher Krieger z u e r s t das Wort findet, das in die
Gegenwart und zum Handeln zurückführt.

Nach V. 2597 (Bertha sich aufrichtend) also von V. 2516
bis 97 hat Bertha regungslos über der Bahre des Vaters ge-
legen. Dadurch gewinnt Gr. für den nun folgenden Monolog Berthas die um so größere Wirksamkeit; auffallend ist,
daß Sauer in seinen Anmerkungen hier nicht eine Parallele
zieht zur Wahnsinnsscene der Ophelia. Die Wirksamkeit
der beginnenden geistigen Umnachtung infolge ungeheurer
seelischer Aufregungen, das spielerische Tändeln, das fast
bis zum kindischen Lallen wird, ist bei Shakespeare wie
bei Gr. gleich gut beobachtet und gleich glücklich verwendet:
vor V. 2625 (freudig) im Verein mit den Worten: „Und
mein Bruder kam zurück, mein ertrunkner toter Bruder!"

Endlich sei auch hier wieder das musikalische Element
erwähnt, das den ganzen Monolog durchzieht und fast wie
ein Wiegenlied ausklingt: „Stille! Stille! Stille! Stille! —
Meine Augen trübe, trübe! — Ei ich will nun schlafen
gehn, schlafen, schlafen, schlafen gehn. Daß in dieser kleinen
Wiege schlummernd drin der Schlummer liege, ach der
Schlummer! Ja der Schlummer! aber leise — leise —
leise — — (Sie geht auf den Zehenspitzen, mit jedem Schritte
mehr wankend auf den Tisch zu. Ehe sie ihn noch erreicht,
sinkt sie zu Boden)". Die Wahnvorstellung, daß sie das
schlafende Kindlein „Schlummer" in der kleinen Wiege liegen

habe, ähnelt — mutatis mutandis — der Vorstellung der
Ophelia, daß sich eine Kutsche und Hofdamen in ihrem Gefolge befänden. Das bewußtlose zu Boden Sinken Berthas
ist der effektvolle Schlußakkord, zu dem allmählich ver-
klingenden Wiegenlied am Schluß des vierten Aufzuges. — —
Der fünfte Aufzug bringt zunächst einen Dekorationswechsel, der dem Auge insofern angenehm ist, als er die
Phantasie belebt und den Personen einen anderen Hintergrund gibt. Eine solche scenische Verwandlung ist schon
deshalb nicht zu unterschätzen, als wir ja seit der Renais-
sancezeit das Bestreben finden, etwa nach dem System des
Guckkastens das „Bühnenbild" vor den Zuschauer hinzu-
stellen", sodaß es fast nur noch zweidimensional wirkt, im
Gegensatz zur antiken Bühne, wo das Publikum die Agieren-
den in einem Dreiviertelkreis umgab, sodaß wir da noch
mit einem dreidimensionalen Bühnenbild zu rechnen haben.
Das Bestreben, etwas Bildartiges zu gewinnen, zeigt sich,
trotz der realistischen Plastik unserer modernen Dekorationen besonders darin, daß viele Theater nach dem Aufziehen des Vorhangs einen viereckigen Holzrahmen zeigen,
dessen Seiten und oberer Abschluß verstellbar sind, sodaß
man das jeweilige „Bühnenbild" gleichsam in einem dunklen
Rahmen vor sich sieht. — Doch zurück zur Ba. des fünften
Aufzuges: Ueber Vorgrund vgl. I. 1. — Gr. führt uns in
die Außenwerke des Schlosses, mit der Kapelle und einem
Teil des Wohngebäudes als Hintergrund. Ueber die Beleuchtung gibt die Anmerkung „Jaromir kommt durch die
Nacht" Aufschluß, d. h. der Beleuchter hat von dem Drei-
farbensystem (gelb, rot, blau) nur blau einzuschalten. —
„So, hier ist der Ort, das Fenster, hier in diesen wüsten
Mauern" wiederholt indirekt noch einmal die direkte Ba.
vorher. — (Auf und abgehend) gibt nur die rein äußerliche Bewegung an, die aber auf die seelische Verfassung
Jaromirs Schlüsse ziehen läßt. — Leider folgt hier ein
langer Monolog, der dieses innere Empfinden psychologisch
analysiert und gleich vielen Monologen der Klassiker (z. B.
Tell: Durch diese hohle Gasse. . .) bei aller gern zuge-
standenen äußeren Schönheit, auf der B ü h n e für unser
Empfinden peinvoll wirkt.

Zu V. 2676—2700 sei bemerkt, daß in der Anwendung der Klimax in der Erzählung hier das technische Vorbild unverkennbar Müllners „Schuld" III. 3 war. Hugo, in der Erzählung von Carlos' Ermordung „Seht, da blitzt es auf vom Schloß, Und das Blei flog aus dem Rohr — Und — ein Schrei schlug an mein Ohr — (vgl. Minor S. 416 f).

Jaromir (zusammenfahrend) ist, obwohl scheinbar nur äußerlich gefaßt, psychologisch gemeint, denn sonst wäre diese Anmerkung gänzlich überflüssig: Das Zusammenfahren drückt aus, daß Jaromir schon die Fäden sich entwirren sieht zu furchtbarer Erkenntnis. Bestätigt wird das durch die nächste Ba. vor V. 2889, Jaromir (schreiend) „Nein!" als könne die Ton-stärke die entsetzliche Offenbarung übertönen.

Die indirekte Ba.: „Können deine Worte töten, Besser kanns noch diese Hand!" wird noch besonders ausgesprochen durch das direkte (auf ihn losgehend).

Nach V. 2940 (Die Hände vors Gesicht schlagend) bildet den seelischen Uebergang von dem jähen, unzusammenhängend hingerasten Ausbruch des Entsetzens, der so natürlich anmutet, zu dem wohlgeordneten psychologischen Monolog, über dessen Breite selbst ein virtuoser Schauspieler mit vollendetster Technik nicht hinwegzuhelfen vermag.

Nach V. 3044 (Die Fenster der Schloßkapelle haben sich währenddem erleuchtet, und sanfte, aber ernste Töne klingen jetzt herüber): Gr. verwendet hier zu der Stimmung mit voller Berechnung Beleuchtungs- und musikalische Effekte: durch die Nacht beginnen allmählich die Fenster der Schloßkapelle in mildem Licht zu erglühen und geben im Verein mit der sanft-ernsten Musik einen versöhnlichen Akkord; es sind die durch den Tod verklärten Klänge ewiger Vergebung, das Symbol ewigen Lichts, das durch die Nacht der Sünde leuchtet. Bei allem Abstand in der Größe der beiden Gestalten erinnert die Situation in etwas an den Schluß des Faust-Monologs. In die tiefe innere Zerrissenheit hinein erklingen Töne der Verklärung:

F.: Welch tiefes Summen	J.: Säuselt, säuselt, holde Töne
Welch ein heller Ton	Säuselt lieblich um mich her
. . . Ihr Chöre singt ihr schon	Laßt die Himmelslieder klingen
den lieblichen Gesang . . .	Laßt ihr mich Verzeihung hoffen?
O tönet fort	Ihr tönt fort und sagt nicht nein
ihr süßen Himmelslieder	Seht die Pforten stehen offen
. . . Die Erde hat mich wieder	Friedensboten ziehet ein.

(Die Töne nehmen nach und nach einen immer ernsteren
Charakter an, und begleiten zuletzt folgende Worte): wie im
Faust der Chor der Engel, so hier der Chor der Teilnehmer
an der Bestattung des alten Borotin. Natürlich ist das
tertium comparationis nur der musikalische Ausdruck für
das versöhnliche Moment.

Nach V. 3079 (Er klettert an verfallenem Gestein bis
zum Kapellfenster empor) ist der direkte Ausdruck für die
in den Worten Jaromirs: „Ich will sehen, sehen, sehen!"
enthaltene indirekte Ba.

Nach V. 3091. J.: (Wankend und bleich zurückkom-
mend) zeigt, wie sehr Gr. bei der Abfassung mitlebte:
Bleich kann natürlich nur gleich „schreckerfüllt" sein.

Nach V. 3114 „Lag mein Vater bleich und tot" zeigt die
erste Fassung (= nach V. 2622) die Anmerkung: Die
Lichter in der Kirche sind indessen ausgelöscht.

Die folgende kleine Scene, Hauptmann — Boleslav —
Soldat (V. 3166—83) wird bei einer Aufführung mit großem
Gewinn gestrichen werden, sodaß also die erste Scene des
fünften Aufzuges damit schließen mag, daß Jaromir zu dem
in's Grabgewölbe führenden Fenster emporklimmt.

Die folgende scen. Verwandlung führt uns in das Grabgewölbe. Im Hintergrunde (Mitte, setzen wir im Interesse
der Bühnenwirkung hinzu) das hohe Grabmal der Ahnfrau
mit passenden Sinnbildern. Rechts im Vordergrunde eine
Erhöhung, mit schwarzem Tuch bedeckt. Gr. liebt es, wie
sich später noch häufiger zeigen wird, eine Türöffnung, eine
Nische und ähnl. durch einen Vorhang oder, wie hier, durch
ein Tuch zu verbergen, um dadurch eine geheimnisvolle
Wirkung hervorzurufen. Hier läßt er uns nur a h n e n, daß es
sich um einen Sarg handeln könnte, nämlich den Berthas.
Ich kann mich nicht den Motivierungsversuchen von Kohm
und Kilb anschließen, daß Bertha, für eine Selbstmörderin

gehalten, ohne kirchliche Feier bestattet sei, sondern möchte als einzige Motivierung den Gedanken an die Bühnenwirksamkeit, die der junge Dichter schon in der Ahnfrau so virtuos behandelt, annehmen. (Bemerkt sei, daß an diese Situation hier eine ähnliche in Eduard Stuckens „Gawan" letzter Akt erinnert: Vor dem Heiligenbild der Jungfrau Maria, das in einer Art Grabkapelle steht, liegt der grüne Ritter, ebenfalls von einem schwarzen Tuch bedeckt, aufgebahrt. Das Bild der Jungfrau Maria gewinnt plötzlich Leben und greift in die Handlung ein). Auf das Stichwort: „Liebchen, Braut, wo weilest du? Bertha, Bertha komm!" tritt die Ahnfrau aus dem Grabmal.

Die Ba. nach V. 3247 (Die Hand auf die Brust gepreßt) gibt mit: „Manchmal, manchmal regt er sich" (f) die Stimme des Gewissens wieder. — Daß Jaromir die Ahnfrau bis zu ihrer Erklärung für Bertha hält, die er um Mitternacht in's Grabgewölbe bestellt hat, erhöht einerseits die dramatische Wirkung, andererseits zeigt es auch die Unerschrockenheit Jaromirs, der an Gespenster nicht glauben mag.

Nach V. 3278 (Man hört eine Tür aufsprengen) und (eine zweite Tür wird eingesprengt) zeigt die Technik der Klimax hier durch Geräusche wiedergegeben, es ist das näherkommende Geräusch des Verhängnisses, das Herannahen der Katastrophe. Als die Ahnfrau das Tuch von der bedeckten Erhöhung reißt und Jaromir Berthas ansichtig wird, die tot im Sarge liegt, will er doch den Gedanken nicht aufgeben, daß er in der Ahnfrau die lebende Bertha vor sich hat. — Die beiden Ba. (zurücktaumelnd) und gleich darauf (auf sie zueilend) geben nur den äußerlichen Stellungswechsel, bewirken jedoch durch ihre schnelle Aufeinanderfolge, daß dem Zuschauer keine Zeit zum Nachdenken bleibt.

Eine gefährliche Klippe in der Darstellung stellt die Ba. (Die Ahnfrau öffnet die Arme. Er stürzt hinein) dar. Die Bewegung muß mit großer Ruhe ausgeführt werden und zu einer völligen Umarmung darf es aus künstlerischen Rücksichten nicht kommen, denn die Ahnfrau muß immer etwas Schemenhaftes, Wesenloses behalten.

Die Ba. nach V. 3296 (Er taumelt zurück, wankt mit gebrochenen Knieen einige Schritte und sinkt dann an Berthas Sarge nieder) drückt äußerlich den versöhnenden Gedanken der Vereinigung im Tode und des Sieges der Liebe über das Verhängnis aus. (Gruppenwirkung). — — Wenn jetzt der Hauptmann mit Gefolge „hereinstürzt", so muß er schon außerhalb der Scene zu sprechen beginnen: „Mörder gib. dich! Du mußt sterben", aber dieses letzte „sterben" muß ihm schon auf der Zunge schweben bleiben im Anblick der Ahnfrau, die „die Hand ausstreckt. Alle bleiben erstarrt an der Türe stehen".

Die Ba. (Sie neigt sich zu ihm herunter und küßt ihn auf die Stirne) wollen wir gelten lassen, aber die Fortsetzung (hebt dann die Sargdecke auf und breitet sie wehmütig über beide Leichen) dürfen wir auf der Bühne nicht aufrecht erhalten, weil hier eine Klippe liegt, die den grandiosen Aktschluß gefährden kann. Ich sehe in dieser Handlung der Ahnfrau einen allzu menschlichen Zug, und möchte in dem Folgenden drei Verse streichen und zwar:

Nun wohlan, es ist vollbracht
Durch der Schlüsse Schauer-Nacht,
Sei gepriesen ew'ge Macht! — —
Oeffne dich, du stille Klause,
Denn die Ahnfrau kehrt nach Hause.

Nun wohlan, es ist vollbracht

Und die Ahnfrau kehrt nach Hause.

Meiner Meinung nach ist damit der Gedanke, daß das letzte Glied der langen Schicksalskette zum Abrollen gebracht ist, hinreichend ausgedrückt, vor allem aber gestaltet sich der Abgang der Ahnfrau um so wirksamer, je weniger sie spricht.

(Sie geht feierlichen Schrittes in ihr Grabmal zurück. Wie sie verschwunden ist — —) nämlich damit der Abstand vom Wesenlosen zum Existierenden gewahrt bleibt, möge der Hauptmann das triumphierende: „Ha, nun bist du unser —" bei einer Aufführung nicht sprechen und nur Günther zum Sarge eilen — ([Hebt die Decke auf] möge bei obiger Annahme wegfallen) — und tränenerstickt das eine erschütternde Wort: „Tot!" aussprechen, während die Gruppe lautlos verharrt vor der Majestät des Todes.

Bemerkungen zur ersten Fassung der Ahnfrau.

Betrachten wir das Manuskript der ersten Fassung, so sind vor allem die Randglossen und Striche Schreyvogels besonders in's Auge fallend. Die Striche beziehen sich oft auf harmlose Aeußerlichkeiten, (wie V. 145/47 der ersten Fassung, V. 183; 198) öfter aber dienen sie der Psychologie der einzelnen Personen, so z. B. V. 243 f:

Erste Fassung.	Endgültige Fassung.
B.: Wie ein Kind am Mutterbusen	— — — — —
Lag ich an des Theuern Lippen	— — — — —
Seine heißen Küsse schlürfend	— — — trinkend

Schr. hatte glossiert: „Zu wenig mädchenhafte Scheu"; Gr. hat aber offenbar nur die eine Konzession „schlürfend" zu „trinkend" seinem künstlerischen Gewissen abringen können, und mit Recht: Das Bild Berthas wäre sonst farblos geworden; sie soll hier als gesund sinnlich charakterisiert werden, um ihr späteres Verhalten zu erklären.

V. 453/492 hat folgende Randglosse von Schr.s Hand: „Die Einwirkung der Ahnfrau auf das Schicksal ihrer Familie muß tiefer begründet werden... dieses geschieht, wenn ihre Nachkommen (ohne es zu wissen) die Kinder ihrer Sünde sind, deren Schuld und Leiden mit anzusehen sie verurtheilt ist, bis das sündige Geschlecht ausgerottet, der ungerechte Besitz verlassen, und die geheime Untat enthüllt und vollkommen bestraft ist." — „Diese Grundidee, die der Fabel eine allgemeine, tiefere Bedeutung gibt, bestimmt zugleich den Charakter der Ahnfrau, und macht das Gespenst zu einer wirklich tragischen Person. Sie warnt vor dem Bösen, und nimmt teil an den Leiden, die sie nicht hindern kann; sieht in dem Tod ihrer Angehörigen aber nur die Entsühnung des unglücklichen Geschlechtes und die Befreyung von dem Hange zum Bösen, den es von ihr angeerbt hat. Auch die Charaktere ihrer Nachkommen werden dadurch afficirt; keiner darf ganz rein, aber auch keiner durchaus böse seyn." — Schr. wollte also hier auch, die Ahnfrau psychologisch gefaßt wissen, nicht etwa bloß als ein einziges sündiges Wesen in der Ahnenreihe, von dem die Nachkommen gänzlich im Handeln unabhängig sind, sondern als sündige Stammutter eines durch sie „afficirten" Geschlechtes.

V. 509/19. Schr. schreibt daneben: „Jaromir muß hier, und wenn er gleich hernach wieder allein ist, mehr sagen, was seine Lage charakterisiert. Er weiß, daß er sich in das Haus seiner Geliebten geflüchtet. Der Zuschauer darf und soll gleich vermuten, daß er mit den Räubern in Verbindung steht." Gr. ist darauf nicht eingegangen, wenn wir beide Fassungen vergleichen. Die Vermutung, daß Jaromir mit den Räubern in Verbindung stehe, dürfte übrigens dem Zuschauer auch so kommen.

V. 523. J.: „Ward — von Räubern überfallen —" Schr.: Günther nicht Jaromir muß der Räuber erwähnen und etwas mehr von ihnen sagen: Darauf heißt es in der endgültigen Fassung: J.: Wurde — wurde überfallen —" G.: „Ach man hört so manches Unheil von den Räubern dort im Walde.

V. 559/69. Schr.: „Dieser und der nachfolgende Dialog bedarf einer sorgfältigen Ausführung. Die Situation ist sehr delicat für jede der drei Hauptpersonen. Berthas und Jaromirs Charakter kann sich darin schon zum theil entwickeln". Daraufhin ist in der endgültigen Fassung eine wesentliche Aenderung von V. 681 ab zu bemerken. J.: „Staunend steh' ich und beschämt —" fehlt in der 1. Fassung gänzlich. Daraus ergibt sich die durchgreifende Umarbeitung (V. 682/725): Jaromir will sein Verdienst verkleinern, der Graf zollt ihm volle Anerkennung, Bertha pflichtet dem bei; die drei Personen stehen sich, ich möchte sagen, gesellschaftlich conventioneller gegenüber, wie es sich für den Grafen Borotin und Bertha einerseits, und den Herrn von Eschen andererseits geziemt; ein gewisser gesellschaftlicher Ton wird angeschlagen, der über das „Delicate" der Situation hinweghilft und außerdem zur Psychologie Jaromirs und Berthas durch kleine Züge beiträgt.

Am Ende des ersten Aufzuges bemerkt Schr.: „Der Schluß ist viel zu schwach. Dem wird abgeholfen, wenn Jaromirs verhängnisvoller Eintritt in das Haus seiner Väter mehr herausgehoben und seine Absichten und Erwartungen deutlicher ausgesprochen werden, was ohnehin nötig ist."

— In der 1. Fassung schließt der 1. Aufzug mit dem beiderseitigen „Gute Nacht" von Jaromir und Bertha, dann folgt — Pause — Die Schloßuhr schlägt die achte Stunde. Die Ahnfrau schreitet feierlich über die Bühne, usw. In der endgültigen Fassung folgt nach dem beiderseitigen „Gute Nacht" der Abgang des Grafen und Berthas, darauf nach der kurzen Aufforderung Günthers, sich zur Ruhe zu begeben, Jaromirs Monolog (in den Vorgrund tretend) an die Götter des Hauses (V. 743/752), die ihm diese Stätte zum heiligen Asyl machen mögen. Nicht genug damit wird aber auch noch die unerbittlich strenge Macht angerufen, jene blinde, nach starren Gesetzen waltende Schicksalsmacht, die über dem ganzen Stück waltet.

Zweiter Aufzug. V. 625/36 Schr. bemerkt: „Jaromir wird aus der augenblicklichen Ruhe, worin ihn die unerwartete Aufnahme Zierotins (später Borotin) ersetzt, durch die Erscheinung aufgeschreckt. Er muß diese Erscheinung seinem bösen Geschicke, und der Schuld (!), deren er sich bewußt ist, zuschreiben". Speziell an dieser Stelle aber gleichen sich beide Fassungen völlig.

V. 644 ff Schr.: „Dieser schnelle Uebergang zur Weichheit ist nicht in der Natur".

Dennoch zeigen beide Fassungen völlige Uebereinstimmung.

V. 662 f Schr.: „Ist die frühere Erscheinung so bald vergessen?" Beide Fassungen stimmen überein.

V. 727. Schr.: „Zu unweiblich".

727/28 Kann ein Wahnbild so umarmen. 850/51 — — — Und küßt also ein Phantom? — — — blickt — —

Schr. dämpft also erfolgreich das „küssen" zum „blicken". Das ist meiner Meinung nach nicht nur farblos, sondern schlecht. Von der Ahnfrau ist verschiedentlich gesagt, daß sie „blickt"; der Blick ist aber doch nur eine visuelle Wahrnehmung, während der lebenswarme Kuß eine fühlbare Wahrnehmung bedeutet, die nicht trügen kann.

V. 906. Schr.: „Mehr dialogisch" hat eine tiefgreifende Veränderung hervorgerufen, die in der endgültigen Fassung

von V. 1024 ab einsetzt und bis V. 1154 geht, und den wesentlich ausgedehnten Dialog Bertha—Jaromir—Graf gibt.

V. 933 ff. Schr.: „Jaromir muß den Sinn für die Wahrheit nicht so ganz verloren haben, daß ihm die Lüge keine
Ueberwindung kostet. Er malt die falsche Geschichte zu
sehr aus. Etwas von seinem Herkommen muß er Berthen
auch schon im Walde gesagt haben." Das ergibt in der endgültigen Fassung V. 1113/1128 eine einschneidende Aenderung: Der Graf ist durch Bertha schon über Name und Her-
kunft Jaromirs orientiert und Jaromir hat nur noch hinzugefügt, daß er arm sei und nur einen festen Charakter und
ein gutes Herz habe. Daran anschließend Schr.: V. 964 ff.
„Alles zu kurz und leicht" ergibt in der endgültigen Fassung
V. 1129/53 die ernsten väterlichen Worte des Grafen an
den Mann, dem er seine Tochter anvertrauen soll. Das ist
von Schr. gut beobachtet und von Gr. gut ausgeführt.

Nach V. 971. Schr.: „Dies ist der Wendepunkt des
zweiten Akts, von wo an derselbe einer gänzlichen Umarbeitung bedarf. Jaromir erfährt, daß er hier selbst nicht
mehr sicher ist: aber er muß seine Hoffnungen nicht so-
gleich aufgeben, und als ein in solchen Lagen versuchter
Mann mehr Stärke und Haltung zeigen. Erst als er durch
die Ankunft des Soldaten, der ihn persönlich kennt, entdeckt
zu werden fürchtet, denkt er an seine Flucht, die sorgfältig
im Dialog vorbereitet werden muß." Diese Bemerkung führt
zu der scharfen, kühnen Controverse zwischen dem Hauptmann und Jaromir, die jeden Verdacht unmöglich machen
soll. — Ebendahin gehört Schr. V. 1003 ff.: „Der Hauptmann kann einiges Mißtrauen gegen Jaromir verraten",
was Gr. so ausführt, daß Jaromir in dem Streit mit dem
Hauptmann sich fast selbst verrät.

V. 1088/93. Schr.: „Im Dialog vorzubereiten"; überhaupt
müssen diese unwillkürlichen Aeußerungen mit mehr Kunst
in den Dialog verflochten werden." So wird das u n m o t i -
v i e r t e: „Menschenleben! Menschenleben!" in der endgültigen Fassung zu der Motivierung (V. 1354 ff.)

> Daß die Kindlein ruhig schlafen,
> Mit den Hunden vor die Thür!
> Mir ein Schwert! Ich will hinaus,
> Will hinaus auf Menschenleben.

V. 1167 ff. Schr.: „Dieses Gespräch ist zu müßig. Der Hauptmann und der Graf sollten früher abgehen. Bertha bleibt mit Günther oder einem andern Diener, und schließt den Akt mit einem ahndungsvollen Monolog; wogegen derjenige zu Anfang des dritten Aktes wegbleiben kann." So wird also Schr. die Veranlassung zu dem langen lyrischen Monolog Berthas am Schluß des 2. Aufzuges, der nicht sehr wirksam ist, während er den Eingangsmonolog zu III. beseitigt, was im Interesse der Handlung nur zu begrüßen war.

Zu V. 1215 hat Schr. vorgeschlagen, Jaromir in Berthas Kammer schleichen zu lassen, da er dort vor der ev. Verfolgung sicherer sei; die Scene ist aber zu kurz um dadurch eine Verwandlung notwendig zu machen; infolgedessen hat Gr. den Rat nicht befolgt.

Zu V. 1266. Schr.: „Dieser fieberhafte Wahnsinn kommt zu oft; es muß mehr Absicht und Besonnenheit in Jaromirs Betragen sein."

Erste Fassung:

B.: Wie fühlst du dich,
J.: Gott sei Dank! ein bißchen schlimmer.

Endgültige Fassung:

B.: Sprich: Wie fühlst du dich,
J.: (scheu und düster) Gut! Gut!

Zu V. 1418 verlangt Schr., daß Bertha ihre Leidenschaft mehr dokumentiere und empfiehlt, die Ahnfrau ungesehen von Bertha und Jaromir erscheinen zu lassen. Beides verwendet Gr. zu dem so wirksam gesteigerten Dialog im dritten Akt.

Bei V. 1673 f. verlangte Schr. einen Monolog Bertha's, bevor Jaromir den Dolch verlangt. Darauf geht Gr. glücklicherweise nicht ein, denn er hätte damit die zum Aktschluß drängende Handlung an einer recht ungeeigneten Stelle langweilig unterbrochen.

Zu V. 1719 weist Schr. darauf hin, daß das Folgende Stoff für den ganzen Akt bietet, daher setzt in der endgültigen Fassung mit dem Auftreten Günthers schon der vierte Akt ein.

Zu V. 1788 ff. Schr.: „Diese Wiederholung der Beobachtungen am Fenster tut keine gute Wirkung". Wir haben weiter oben gesehen, daß gerade diese Scene äußerst wirksam ist.

Zu V. 1840 verlangt Schr., daß der Hauptmann einen ausgesprochenen Charakter habe.

V. 1989 bringt eine längere Glosse Schr.s, in der er mehr Teilnahme an der Scene Graf—Boleslav—Günther verlangt und vor allen Dingen Bertha's Absicht, sich selbst zu töten, ausgedrückt sehen will. Das befolgt Gr., wenn auch nur mit zwei Einwürfen Bertha's, deren zweiter „Todespforte, tu dich auf" ihre Absicht kundgibt. Dann verschwinden die Glossen Schr.s vollständig.

Rein äußerlich sei darauf hingewiesen, daß die erste Fassung nur vier Aufzüge hat, und erst der obengenannte Hinweis Schr.s (zu V. 1719) die fünf Aufzüge der späteren Fassung ergibt. Ueber das Scenarium sei bemerkt, daß es außer der Abweichung im Namen des Grafen, noch die Aenderung bringt, daß die Ahnfrau, da sie ja kein Wesen von Fleisch und Blut, sondern nur die Personifikation des Schicksalsgedankens ist, an den Schluß des Personenverzeichnisses gesetzt wird, sodaß wir also folgende Parallele haben:

Die Ahnfrau,	
Graf Zdenko von Zierotin	— — — — — Borotin,
Bertha, seine Tochter,	— — — — — —
Jaromir,	— — — — — —
Boleslav, ein Räuber,	Boleslav
Günther, Kastellan	— — — — — —
Hauptmann	Ein Hauptmann
Ein Soldat	— — — — — —
Mehrere Soldaten	— — — — und Diener
	Die Ahnfrau des Hauses Borotin

Im Wiener Burgtheater wird die „Ahnfrau" in einem polnischen Fantasiecostum (etwa im Schnitt des 17. Jahrhunderts) gespielt.

Sappho.

Die erste Aufzeichnung über die „Sappho" in Schreyvogels Tagebüchern findet sich unterm:

16. April 1818. Gr., dem Brühl einen sehr ehrenvollen Brief geschrieben hat, erhält 50 Ducaten für die „Sappho".

18. April. Ich war bei der ersten Probe der „Sappho". Es ist wirklich das Werk eines seltenen Dichtergeistes (!) und wird großes Glück machen.

20. April. Gr. erhält einen Nachtrag von 400 fl. für die „Sappho". Fuljod war bei der Probe davon entzückt. Ich hatte den jungen Mann Nachmittags bei mir; er scheint jetzt sehr dankbar gegen mich.

21. April. „Sappho" ist, besonders in den 3 ersten Akten, mit beinahe unerhörtem Beifalle aufgenommen worden; auch am Ende war der Lärm nicht zu bändigen. Man verlangte den Autor.

22. April. Auch heute war der Beifall allgemein und rauschend. Das Glück des jungen Mannes ist gemacht.

26. April. Die ganze Stadt ist durch „Sappho" in Bewegung gesetzt.

1. Mai. Die Großen machen sich mit dem Verfasser der „Sappho" zu thun. Metternich und Stadion haben ihn zu sich kommen lassen. Einige Kaufleute sollen ihm eine Aktie zugedacht haben.

2. Mai. Gr. war heute bei Stadion . . . Er bekommt eine Pension aus der Hoftheater-Casse . . .

4. Mai. Gr. erhält eine Bestallung von 1000 fl. sammt Zuschüssen. . . . Ich hatte ihn heute lange bei mir, um ihn den Kopf zurecht zu setzen.

10. Mai. Ich schreibe eine dramaturgische Unterhaltung über „Sappho" in dialogischer Form.

20. Mai. Gr. war heute ziemlich lange bei mir und sprach mir über Fuljod. Der kleinliche falsche Mensch hat ihn von mir abziehen wollen. Bis jetzt hält der Max treu an mich.

8. Juni. Im Morgenblatt steht wieder eine sehr ungünstige Anzeige des Gutierre und der „Sappho" von Müllner. Ein bitterer Narr.

10. Juli. Ich mache einen Aufsatz über die „Sappho“ in Beziehung auf Müllner.

Es mag den Anschein gewinnen, als hätte die ausgesprochene Bühnenwirksamkeit der „Ahnfrau“ mich dazu verleitet, ihre künstlerischen Mängel zu übersehen. Die Gefahr lag vor, im Hinblick auf die instinctive Sicherheit, mit der Gr. Act für Act, Scene auf Scene aufbaut, sodaß er den Zuschauer ständig in Atem und erwartungsvoller Spannung hält. Aber dennoch verkennen wir nicht, daß bei allen Vorzügen des Werkes in Bezug auf seine Bühnenwirksamkeit, ihm doch etwas von der Kulissenreißerei der Wiener Vorstadttheater anhaftet; das soll, so hart es vielleicht klingen mag, von unserm Standpunkt nicht als Vorwurf gefaßt sein, vielmehr zeigen, daß es Gr. ähnlich ging wie dem jungen Schiller, dessen „Räuber“ trotz aller Mängel doch überall das Kennzeichen der lebenswarmen Hand tragen, die sie schuf. Vom Standpunkt des Theaters betrachtet war die „Ahnfrau“, wie Schiller’s „Räuber“, der große Wurf eines dichterischen Genies, das für das Theater schreibt. Daß die Genialität ihren Schwerpunkt in der Bühnenwirkung und nicht in der ausschließlichen Wirkung der Poesie hatte, und gerade diese Bühnenwirkung öfter hart die Theaterei streifte, hat Gr. selbst empfunden, so schwer ihn die Vorwürfe seiner Gegner, er könne nur Schauergeschichten schreiben, auch trafen: „da immer von Räubern, Gespenstern und Knalleffekten die Rede war, beschloß ich, bei einem zweiten Drama, wenn es je zu einem zweiten kommen sollte, den möglichst einfachen Stoff zu wählen, um mir und der Welt zu zeigen, daß ich durch die bloße Macht der Poesie Wirkungen hervorzubringen imstande sei“. — Sicherlich hat aber auch ein rein psychologisches Moment mitgespielt: die ständige Beschäftigung mit dem düstern Stoff, die ganze düstere Scenerie, und das eigene Empfinden über sein Werk, als er der Aufführung beiwohnte, gaben ihm die Sehnsucht nach den lichten Höhen einer reinen, aufgeklärten Poesie, für die die Beschäftigung mit den griechischen Tragikern Auge und Ohr geschärft hatte; das Auge, das sich sehnte nach einem heiteren, lichten Schauplatz, und das Ohr, das die Musik des griechischen Chores vernommen hatte: Sonne und Rythmus, Lebensbejahung, Selbstbefreiung aus dem düsteren Milieu, in das die Ahnfrau ihn verstrickte; und wie ein Motto könnte die erste Bühnenanweisung der „Sappho" anmuten: F r e i e G e g e n d!

„Dem Herrn Carl August West widmet diesen seinen zweiten dramatischen Versuch als Zeichen der Dankbarkeit und Freundschaft, der Verfasser." — Schr. hatte auf das Entstehen der „Sappho" keinerlei Einfluß, da er von Wien abwesend war.

Zunächst fällt rein äußerlich das Personenverzeichnis durch die geringe Anzahl der Personen auf; Sie teilen sich in zwei Gruppen: Auf der einen Seite Sappho und Melitta als das weibliche, auf der andern Phaon als das männliche Princip. Wenn der Vorhang sich hebt, kann das Auge des Zuschauers — so will es Gr. in seiner Anweisung — sich verlieren bis zum fernen Horizont, wo Meer und Himmel zusammenfließen. Nicht umsonst soll sich hart am Ufer der Altar der Aphrodite erheben; ist sie doch das Symbol für die ganze in Schönheit, Anmut und Lebensfreude getauchte Scenerie des Dramas. Eine geheimnisvolle Grotte, deren Zugang halb versteckt unter Gesträuch und Eppich liegt, dahinter, damit auch die griechische Architektur nicht fehle, ein Säulengang, der zu Sapphos Wohnung führen soll, auf der andern Seite des Vordergrundes, gegenüber der Grotte, ein Rosengebüsch mit einer Rasenbank davor: unendliche Ferne, der Blick über das sonnenbeglänzte Meer, das Lebenselement des Griechen, — und Rosen als Symbol für Jugend und Schönheit. Und dahinein Cimbeln- und Flöten- klang, jauchzende Rufe einer freudig erregten Volksmenge! Noch bevor ein W o r t von der Bühne ertönt, ist die Fantasie des Zuschauers versetzt aus dem öden Einerlei des Alltags in die sonnige Sphäre vergangener Zeiten, mitten hinein in die Lebensbedingungen eines Volkes, das Schönheit und Geist, höchste seelische und körperliche Kultur als den vollendeten Ausdruck seines Lebens auffaßt. Welch einen gewaltigen Schritt vorwärts zeigt uns allein diese Bühnen- anweisung! — Rhamnes stürzt herein und sein erstes Wort ist der Weckruf: „Auf, auf vom weichen Schlaf! Sie kommt, sie naht". Ist es doch, als töne eine Fanfare in den frischen, sonnigen Morgen. Wie Evadne im Elpenor, so ruft hier Rhamnes die Dienerinnen. Melittas: „Was schiltst du uns, da sind wir ja!" mag da zunächst etwas verschlafen klingen und von einem wohligen Recken der Arme begleitet sein; und auch das folgende: „Doch was bedeutet —" zeigt, daß sie sich noch nicht so schnell in die Gegenwart zurückfinden kann. — Geschrei (von innen): „Heil Sappho, Heil!" soll nur bedeuten, daß sich die bisher u n v e r s t ä n d lichen Zurufe des Volkes beim Näherkommen zu diesem weithin tönenden Jubelruf v e r d i c h t e t haben, nicht, daß dieser Ruf p l ö t z l i c h aus nächster Nähe e i n s e t z t.

V. 24 „Seht ihr den Kranz?" nimmt die Anweisung für den Auftritt Sapphos teilweise schon vorweg.

V. 30. Charakteristisch für das j u n g e M ä d c h e n ist es, daß M e l i t t a zuerst Phaons Erwähnung tut und damit den ersten Keim ihres für die tragische Verwicklung verhängnisvollen Interesses zeigt.

Da sich Rhamnes V. 44 laut Ba. unter das Volk mischt, so gewinnt Gr., nachdem auch die Mädchen wieder verschwunden sind, die Möglichkeit, von der Masse des Volkes Sappho und Phaon allein sich abheben zu lassen. Beide stehen auf der Höhe ihres äußeren und inneren Glücks; ihr Einzug gleicht dem eines Triumphators. Mit der Leier in der Hand, wie Apollo Musagetes, thront Sappho auf dem von w e i ß e n Pferden gezogenen Wagen. Eine andere Farbe würde in das leuchtende Colorit des Bühnenbildes nicht passen. Daß Sappho und Phaon a n g e f a h r e n kommen, läßt die Wirkung der körperlichen Schönheit mehr zur Geltung kommen, nur hat es den Nachteil, daß viele Bühnen aus technischen Gründen dieser Ba. nicht folgen können. Die einfache Kleidung Phaons, ein Symbol für sein einfaches Wesen, steht in wirksamem Gegensatz zu Sapphos prangendem Gewande.

Die Ba. vor V. 43 (Volk auftretend) bildet eine der schwierigsten Aufgaben für den Regisseur. Das Volk kann nicht wie eine P e r s o n auftreten: voran mögen einige Kinder, Blumen jubelnd in die Luft werfend, auf die Bühne und wieder Sappho entgegenlaufen, bis a l l m ä h l i c h die um Sappho dichtgedrängte Schar einzieht. Das zügellose Heil-

4

rufen, das an das begeisterte εὑοι der Bacchantinnen an-
klingt, mag allmählich bis zu dem „Heil Sappho, teure
Frau!", das Rhamnes a l l e i n spricht, abschwellen, damit
bei den ersten Worten Sapphos andächtige Stille herrsche.

Daß sich Rhamnes, V. 63, „hinzudrängt", um Sappho
noch einmal zu begrüßen, deutet seine immer auf's Neue
hervorbrechende Freude an.

Die Ba. V. 64 (Sappho vom Wagen herabsteigend und
die Umstehenden freundlich grüßend) gibt den menschlichen Gegensatz zu der göttlichen Unnahbarkeit, mit der
sie zuerst eingezogen war.

V. 65 f. „Ihr weinet Liebe! Das Auge zahlt so richtig
als das Herz für Tränen, Tränen, seht! — O schonet
mein" ist eine ausgedehnte indirekte Ba.: Das Wiedersehen
nach der langen Trennung weckt Tränen der Rührung, die
Sapphos Stimme fast versagen lassen.

V. 83. S.: „Wer sieht, daß du errötest, da ich's sage"
gibt die indirekte Ba. für den bescheidenen Ton, in dem
die Worte Ph.'s V. 80/82 zu sprechen sind, ebenso wie
V. 84: „Ich kann b e s c h ä m t nur staunen und ver-
stummen."

V. 100: „Preis dir, du Herrliche" des Volkes, erinnert
an den Jubelruf des Chores in der Braut von Messina, als
Isabella mit den beiden Söhnen erscheint: „Preis ihr und
Ehre, die uns dort aufgeht, eine glänzende Sonne."

V. 101/06 gibt als Schlußwort des 2. Auftritts die Ver-
abschiedung der Landleute und leitet zum 3. Auftritt, dem
ersten Alleinsein der beiden Hauptpersonen, schon deshalb
wirksam über, als nach der freudig erregten Volksscene
in dem folgenden Bühnenbild idyllische Ruhe herrscht. Das
Volk darf natürlich nicht einfach „abgehen", sondern es
muß sich mit dem freudigen Jubelruf „Heil Sappho", der
allmählich in weiter Ferne verklingt, alsbald v e r l i e r e n.
Bemerkenswert ist, daß Gr. für den 3. Auftritt keinerlei Anweisung für einen Stellungswechsel gibt, während im 5. Auftritt, Sappho-Melitta, 12 Ba. sind. So mögen beide also
von 106/30 engumschlungen stehend verharren. — Wichtig
als indirekte Ba. ist für diese Scene und die ganze Anlage
der Sappho vom psychologischen Standpunkt, daß sie immer

die reife, bewußt gebende Frau bleibt, während Phaon zunächst nicht aus seiner etwas schüchternen Passivität heraus-
tritt: sie kennzeichnet sich hier als Weib, dessen Seele
manche trübe Erfahrungen gemacht hat, und bittet Phaon,
den Unerfahrenen, sich zu prüfen. Es sind diese Verse eine
fein durchdachte, wenn auch ungewollte, d. h. indirekte Ba.,
die für die schauspielerische Anlage der Rolle des Phaon
äußerst wichtig ist. Er bleibt bis zu dem Augenblick, wo
er seine Liebe zu Melitta gewahr wird, der schwärmerische,
etwas kraftlose Jüngling. Sein für Liebe gehaltenes Empfinden für Sappho ist auf der einen Seite eine beinahe an's
(Kindliche grenzende Verehrung; es liegt etwas vom Verhältnis der Mutter zum Sohn in der Liebe der reifen Frau
zu dem noch unerfahrenen Jüngling: er hat nicht selbst
gewählt, hat nicht die Geliebte nach Mannesart bewußt erobert, sondern dem eigenartigen Reiz, den die gefeierte
D i c h t e r i n auf ihn ausübt, nachgegeben. Ein klein wenig
geschmeichelte Eitelkeit, wenn auch ihm selbst unbewußt,
kommt dazu, um ihn vollends in ihren Bann zu zwingen.
Diese psychologische Studie bestätigt sich in den   zwei
Worten Phaons: „Erhabene Frau!" Er fühlt, er ist ihr
in der Reife ihres Gefühlslebens nicht ebenbürtig, ist ihr
gegenüber nicht der Gebende, sondern nur der Empfangende,
und dies Bewußtsein legt ihm eine gewisse Unsicherheit auf
in der Art sich zu geben. Das ändert sich jedoch, sowie
seine Liebe zu Melitta ihn innerlich zum Mann reifen läßt.
Das Gefühl der Unbeholfenheit der neuen Situation gegenüber und des Abstandes zwischen den beiden Liebenden
wird noch weiter ausgebaut. Um einen Stellungswechsel her-
beizuführen und das Bühnenbild eindrucksvoller zu gestalten,
mag sich Sappho allmählich, Phaon mitziehend, bis zu der
Rasenbank hinübergespielt haben und sich mit den Worten:
„Nicht so! Sagt dir dein Herz denn keinen süßern Namen?"
dort niederlassen. Im wachsenden Eifer der Erzählung mag
dann Phaon (V. 209) bei den Worten: „Da schwoll das
Herz vom sehnenden Verlangen" kraftvoll die Arme reckend
wieder aufspringen, damit er allmählich den Uebergang zu
der fast visionären Erzählung finde, die mit Vers 221 etwa
beginnt. Von da ab spricht er nicht mehr zu S a p p h o, son-

dern berauscht sich an seinen eigenen Worten, lebt unter
dem Bann der gewaltigen Erinnerung. Die Begeisterung eines
ganzen schönheitsdurstigen Volkes hat ihn noch einmal gepackt, bis sie V. 235 ihren Höhepunkt erreicht. Da wendet
er sich wieder zu ihr. V. 236: „Da rief's in mir: Die ist
es; und du warst's."

Die Periode V. 165/83 ist (vgl. Waniek) genau so ge-
baut, wie die in der Iphigenie II. 1: Wenn wir — und
dereinst — und dann — Da — Und — (vgl. Don Carlos).

V. 276 „Und ewig ist die arme Kunst gezwungen, (mit
ausgebreiteten Armen gegen Phaon) zu betteln von des
Lebens Ueberfluß". Hier drückt das Bühnenbild einen Gedanken aus, der die ganze Dichtung durchzieht: Sappho ist
nicht Dichterin gewissermaßen b e r u f s m ä ß i g, sondern
die großen Accorde des wirklichen Lebens w a n d e l n sich
auf ihrer Leier zu solchen lebensvoller Dichtung. Sappho
und Phaon zeigen das bekannte Bild vom Dichter und seiner
Muse in umgekehrter Form: Der Mann ist es hier, der die
dichtende Frau zum Schaffen begeistert, wie Sappho das
V. 282 sagt: „Das L e b e n aus der K ü n s t e Taumelkelch,
Die K u n s t zu schlürfen aus der Hand des L e b e n s".

Bei V. 295 mögen mit Sapphos Worten: „Sieh um dich
her — — —" Phaon und Sappho sich erheben. Ihr Ruf:
„Heraus, ihr Mädchen! Sklaven! Hierher!" leitet zum 4.
Auftritt über, mit dem der erste Konflikt leise einsetzt: S.:
„Hier sehet eueren Herrn! Rh.: (verwundert, halblaut)
Herrn? S.: Wer spricht hier? (gespannt) Was willst du
sagen? Rh.: (zurücktretend): Nichts." Hiermit beginnt also
der Gegensatz Phaon-Rhamnes. — Für die Charakteristik
der weiblichen Natur ist diese kleine Scene sehr interessant:
In dem stolzen Glücksgefühl, Phaon zu besitzen, zeigt ihn
Sappho dem engeren Kreis ihrer Hausgenossen und krönt
ihn gewissermaßen zum Gebieter über ein Reich, das bisher
ihr ausschließliches Eigentum war. Von V. 301/20 hat Melitta dieser Scene zugeschaut, wortlos — nicht teilnahms-
los, und nun will Sappho von ihr, dem herben, verschlosse-
nen Mädchen, ein Wort der Bewunderung hören über den
Mann ihrer Wahl, bezeichnend für die reife Frau, der nicht
ein stilles, geheimes Liebesglück Bedürfnis ist, sondern für

die der Mann ihrer Wahl erst durch die, womöglich mit
etwas Neid durchsetzte, Bewunderung der Freundin seinen
vollen Wert erhält. Sappho versucht V. 330 bis 34 mit B i t t e n
ein Wort der Bewunderung für Phaon zu erlangen, nachdem
es ihrem Zorn nicht glückte. Melitta antwortet ausweichend.
Die folgende längere Rede Sapphos ist mehrfach durch
Ba. unterbrochen, die dieser Scene größeres Leben verleihen.

Bei einer Aufführung der Sappho werden V. 394 bis 410
mit Erfolg gestrichen, denn sie sind eine mit Schiller'scher
Ausführlichkeit ausgeführte Sentenz, die etwas gequält zum
Kranz und damit wieder zur Handlung überleitet.

6. Auftritt: Sappho allein. (Sie legt in Gedanken versunken die Stirn in die Hand, dann setzt sie sich auf
die Rasenbank und nimmt die Leier in den Arm, das Folgende mit einzelnen Accorden begleitend). Gr. ist hier eine
kleine Entgleisung unterlaufen. Sappho mag sich, innerlich
bedrückt, auf den Rasen niederlassen, d a n n den Kopf in
die Hand stützen und endlich, um sich von dem auf ihrer
Seele lastenden Druck zu befreien, zur Leier greifen. Der
6. Auftritt, mit dem der 1. Aufzug schließt, gibt nur den
Hymnus an Aphrodite, deren Altar wie eingangs bemerkt,
dicht am Meere stehen soll. So klingt also der 1. Aufzug
r y t h m i s c h - musikalisch aus, wie er u n r y t h m i s c h -mu-
sikalisch mit dem von Cimbeln und Flöten begleiteten Zuruf
des begeisterten Volks begonnen hatte.

2. Aufzug. 1. Auftritt: (Phaon (kommt) vgl. Ahnfrau
V. 1. Hier ebenso: Gr. will damit ausdrücken, daß der
Schauspieler beim Aufgehen des Vorhangs nicht schon auf
der Bühne ist, sondern daß man ihn vom Hintergrunde
ankommen sieht und er noch während dieses Auftritts seinen
Monolog, der II. 1 ausfüllt, beginnt. Damit wird darstellerisch
zum Ausdruck gebracht, was er mit den Worten sagt: „Wohl
mir, hier ist es still. Des Gastmahls Jubel . . . Es tönt
nicht bis hier unter diese Bäume." Nach Böttiger III. 24
soll Phaon sehr leicht gekleidet vom Gastmahl kommen,
das Haar mit Rosen oder einem Myrthenkranz umwunden:
Sicher ist, daß Phaons Kleidung in der Farbenwirkung
lichter, in der Ausführung reicher sein muß, als im ersten
Aufzug, um schon rein äußerlich die soziale Erhöhung, die

ihn, den in Armut geborenen, unbekannten Jüngling die
Liebe Sapphos erfahren läßt, zum Ausdruck zu bringen.
Die Bekränzung würde der alten griechisch-römischen Sitte,
bei festlichen Anlässen, speziell auch beim Gastmahl, Blumen-
gewinde im Haar zu tragen, nur entsprechen.

Die Ba. nach V. 511 (in Gedanken versinkend) kann
für den ganzen Monolog maßgebend sein; je ruhiger, sinnender, also retrospektiv, er gesprochen wird, um so natürlicher wirkt er.

V. 512: „Wer naht? — Der laute Haufen dringt hier
her" gibt die indirekte Ba., daß auf V. 510 als Stichwort,
also während Phaon V. 511 spricht, Geräusch von Stimmen
sich nähern soll. Das ungewollte Lauschen Phaons in der
Grotte wird um so besser motiviert sein, je deutlicher der
Monolog II. 1 seine weltflüchtige Stimmung zum Ausdruck
gebracht hat. In II. 2 zeigt sich wieder, daß Gr. gerade
da die Ba. häuft, wo sie am wenigsten notwendig wären
und sich von selbst aus dem Text ergeben: in acht Versen
drei Ba., die nicht notwendig sind.

Eucharis V. 524 gibt eine psychologisch sehr fein beobachtete Anweisung für die Darstellung Melittas: M.: „Ich
will holen — Euch: Ich will holen, spricht sie Und regt
sich nicht vom Platz, und will und holt nichts". Damit kommt
die völlige Versunkenheit Melittas köstlich zum Ausdruck.
Momentan sind ihre Gedanken weltenfern von dem Zweck
ihrer Anwesenheit im Garten, dem Blumenholen. Und
Eucharis ist es auch, aus deren Mund wir 524/41 von der
Wandlung erfahren, die Melitta ergriffen hat.

V. 543. Euch.: „Den Kopf empor, und alles frisch be-
kannt! O weh, da quillt wohl gar ein kleines Tränchen!"
gibt als indirekte Ba. wieder einen feinen Beitrag zur Psychologie Melittas und gleichzeitig damit eine Anweisung für die
zarte, herbe Art, in der die Rolle aufzufassen ist.

Der Monolog Melittas II. 3 ist eine deutliche Parallele
zu Phaons Monolog II. 1 insofern als die Seelenregung,
gleichsam das Fazit ihrer Erlebnisse bis zum gegenwärtigen
Augenblick, dicht nebeneinander gestellt werden; nur das
Verhältnis ist bei beiden umgekehrt: Phaon denkt an die
Vergangenheit als an etwas Wesenloses, für ihn Ueberwun-

denes, er lebt nur dem Glück des Augenblicks und geht seelisch völlig auf in der Liebe zu Sappho. Melittas reiches Innenleben muß sich in das Paradies seeliger K i n d h e i t s - erinnerungen flüchten, weil in der Gegenwart ihr kein Wesen lebt, dem sie ihre Seele erschließen kann. So gilt auch i h r erster Gedanke in dem Monolog den Eltern, P h a o n s erster seiner Liebe zu Sappho, während seine Eltern erst zufällig durch eine Gedankenverbindung (V. 497) wieder in seiner Erinnerung auftauchen; höchste Freude seelischen und kör- perlichen Besitzes auf Phaons, tiefster Schmerz völliger Ver- lassenheit auf Melittens Seite! Im A u f b a u von Melittens Monolog zeigt sich eine deutliche Parallele mit dem ersten Monolog der Iphigenie:

M.: Da muß ich sitzen einsam und verlassen
Fern von der Eltern Herd im fremden Land.

—   —   —   —   —   —

Mit Tränen seh ich Freunde und Verwandte
Den Busen drücken an verwandte Brust;

—   —   —   —   —   —

Mein Vater lebt getrennt durch ferne Meere usw.

Iph.: Weh dem, der fern von Eltern und Geschwistern
Ein einsam Leben führt wo
Sich Mitgeborne spielend fest und fester
Mit sanften Banden aneinander knüpfen.
Mich trennt das Meer von den Geliebten. —
(vgl. Waniek) —

S.: V. 589. „Hinauf zu euch, zu euch! zu euch". vgl. „Ahnfrau":

V. 2244. „Wend es ab! — Ach wende! Wende!
2246. „Oder ende! — Ende! — Ende!

Beide Male die Technik der Wiederholung desselben Wor- tes, um die flehentliche Bitte, hier zu den Göttern, dort zu der „Heiligen Mutter aller Gnaden" auszudrücken, ferner das allmählich ersterbende Hinhauchen desselben Worts, um anzudeuten, daß die Heldin am Ende ihrer physischen und seelischen Kräfte ist. Der 4. Auftritt bringt das erste un- gestörte Zusammensein Phaons mit Melitta. Die Ba. läßt ihn für das P u b l i k u m sichtbar, von M e l i t t e n unge-

sehen, ihrem Monolog II, 3 lauschen. Charakteristisch für
die Art, wie Phaon sich ihr gegenüber als der gereiftere Mann
fühlt, sind seine ersten Worte: „So jung noch und so traurig,
'Mädchen?" I h r gegenüber ist er völlig selbstsicher; er
blickt nicht zu ihr als der Ueberlegenen auf wie zu Sappho.
Sie ist ein junges in ihrem Herzenskummer und in ihrer Verlassenheit doppelt anziehendes Mädchen, dem er als kraft-
voller Mann seinen Trost spenden, seine Freundschaft an-
bieten darf.

So charakterisiert dieser eine Vers die ganze Psychologie der Rolle Phaons: Sapphon gegenüber war er der
Empfangende, Melitta gegenüber ist er der Gebende, zunächst nur dadurch, daß er sie tröstet. V. 600 „Blick auf
zu mir!" bestätigt nur das vorher Gesagte: ich möchte darin
nicht die Schüchternheit der Dienerin gegenüber dem Herrn
sehen, sondern vielmehr das Bewußtsein Melittens, daß der
ihr schon nicht mehr gleichgültige, durch Kraft, Lebens-
erfahrung und Alter überlegene Mann mit großer Selbstsicherheit ihr gegenübersteht, vor dem sie echt mädchenhafte Scheu empfindet (vgl. die Ba.: er hebt ihr das Haupt
am Kinne empor). Und nun erst leitet das Gespräch hinüber dazu, daß Melitta Sklavin ist und erst jetzt wird sie
sich dieser Tatsache bewußt. Melitta (Die bei dem letzten
Worte — nämlich „Gebieterin" — etwas zusammengefahren,
schlägt nun die Augen empor und blickt ihn an, dann steht
sie auf und will gehen). Diese Ba. wird noch einmal nach
V. 614, wo sie sich als Sklavin bekennt, aufgenommen:
(wendet sich ab und will gehen). Hier ist es also nicht
mehr mädchenhafte Scheu, sondern das Bewußtsein der
Unebenbürtigkeit und der Kränkung, die sie dazu veran-
laßt: V. 615: „Was willst du von der Sklavin, Herr? Laß
einer Sklavin Brust sie suchen und — (Tränen ersticken
ihre Stimme) — Nach V. 617 Phaon (sie anfassend) ist
nicht zu übersehen. Es liegt darin, auch für das Publikum,
etwas von einer ersten Liebkosung oder auch von einem Be-
sitzergreifen; ein von Melitta schweigend eingestandenes
Recht: du darfst mich beschützen. Das wird mit der Ba.
645 (sie bei der Hand ergreifend) noch gesteigert.

In der Ba. vor V. 624 Melitta (schüttelt schweigend das

Haupt) kommt die ganze Verzweiflung, Hilflosigkeit und Resignation in einer einzigen Bewegung zum Ausdruck. Gerade diese Scene zeigt, einen wie großen Fortschritt die „Sappho" auch in den Ba. darstellt, die von rein äußerlichen Bewegungsanweisungen immer häufiger zu psychologischen wichtigen Anmerkungen übergehen. Phaon: „Liebkoste dir, Nicht so? (sie bei der Hand ergreifend). Melitta: (leise) Ich war ein Kind!" Es ist ein Hauch entzückender Keuschheit, der über diesen beiden Zeilen liegt: Phaon benutzt die Gelegenheit aus der Unterhaltung heraus zu einer kleinen Liebkosung; Melitta, ganz jungfräuliche Zaghaftigkeit, sagt leise (sc. und etwas vorwurfsvoll) Ich war ein Kind. Sie will jeden andern Gedanken damit abwehren, und so ist die Ba. nach V. 646 (ihre Hand loslassend) nur eine Wirkung dieser Abwehr.

Nach V. 685 (Sie liest den angefangenen Kranz und die Blumen auf) gibt nicht nur den Anlaß zur Fortsetzung des durch den Ruf „Melitta!" abgebrochenen Gesprächs, sondern auch die erste leise Andeutung ihrer Liebe zu Phaon: M.: Ei Blumen! Ph.: Und für wen? M.: Für dich! — Das ist das erste positive Geständnis ihrer Liebe — „Für dich — Und Sappho," scheint das wieder aufzuheben. Dieses „und Sappho" spricht sie mit einer besonderen Färbung in Ton und Miene, wie V. 688 zeigt: Ph.: „Du sollst so finstern Blicks nicht von mir gehn!", und gibt damit das zweite Geständnis ihrer Liebe: es ist der Unterton der Eifersucht, der da mitklingt. Und um nun den kleinen Vorteil, das kleine Gebiet, was Phaon im Herzen Melittas sich erobert hat, symbolisch als sein Eigentum zu kennzeichnen, nimmt er (Ba. V. 689) eine Rose „Und steckt sie ihr an den Busen". Melitta soll „Bei seiner Berührung zusammenfahren", ein Zeichen, daß sie die Liebkosung, die in der symbolischen Handlung liegt, sehr wohl empfindet. Sie steht dann „mit hochklopfender Brust, beide Arme hinabhängend, mit gesenktem Haupt und Aug unbeweglich da"; also völlige Regungslosigkeit, aber „mit hochklopfender Brust", ein scheinbarer Widerspruch: die statuenhafte äußere Ruhe des liebenden Weibes, das aus der Hand des Geliebten den Todesstoß oder — das höchste Glück erwartet. Die „hoch-

klopfende Brust" empfindet ja nur die Schauspielerin, sie
soll hier gewissermaßen so mit der Rolle mitgehen, daß sie
ihr Herz klopfen hört; für das Publikum aber kann sie das
nicht ausdrücken und muß durch hastiges, stoßweises Atmen
ihre Empfindung sichtbar machen. Und um nun ihr Spiel
völlig wirken, die äußere Ruhe und innere Erregung durch
die Schauspielerin völlig ausspielen lassen, hat sich Phaon
entfernt „und betrachtet sie von weitem." In diese Scene
tönt der Ruf „Melitta!" vom Hause her. Ihre Frage an
Phaon: „Riefst du mir?" macht für den Zuschauer ihre völlige
Versunkenheit deutlich — noch einmal klingt das Motiv der
Eifersucht leise durch, indem sie V. 699 die bereits gepflück-
ten Blumen von sich wirft, da sie für Sappho bestimmt
waren, und so findet sich der Uebergang zu der entzückenden
Scene des Rosenpflückens. Sehr fein berechnet sind dabei
die beiden Ba.: (Melitta, die oben steht, wendet ihre ganze
Aufmerksamkeit — ob scheinbar, ob wirklich, überläßt der
Dichter der Intuition der Schauspielerin und des Publikums
— der hoch oben schwebenden Rose zu); Phaon hingegen
schaut nicht nach der Rose, sondern nur nach ihr hin,
die er da in fließendem Gewande, in künstlerisch vollendeter
Linie vor sich sieht: Es ist wieder eine Gruppe, ein Moment
der Ruhe, der alles Kommende schon ahnen läßt. Melittas:
„Doch jetzt!" ist eine indirekte Ba. und zeigt, daß sie eine
besondere Anstrengung macht, um den Zweig zu erreichen.
V. 710 (Der Zweig ist ihren Händen emporschnellend entschlüpft, sie taumelt und sinkt in Phaons Arme, die er ihr
geöffnet entgegenhält). Sehr fein enthält sich Gr. wieder
jeder Entscheidung, ob das Taumeln unabsichtlich absichtlich
geschehen sei, und überläßt es wiederum dem künstlerischen
Empfinden der Schauspielerin und dem menschlichen des
Publikums. Aber da wir ja vorher genau gesehen haben, mit
welcher Leichtigkeit Melitta auf die niedrige Rasenbank stieg,
so konnte sie ja ebenso gut im Augenblick herabspringen.
Gr. gibt also hier mit ernstem Gesicht und verschmitzt lachen-
den Augen eine Anweisung, die bis ins Feinste nüanciert
zu spielen jeder Vertreterin der Rolle besonders gut liegen
muß, da die momentane Hilflosigkeit und Angst in einer
Gefahr, die gar keine Gefahr ist, recht eigentlich zum Appa-

rat einer harmlosen, echt weiblichen Koketterie gehört. Daß sie sich dann in seinen Armen mit W o r t e n sträubt und doch ihm die Möglichkeit gibt, „rasch einen Kuß auf ihre Lippen zu drücken", beweist nur, mit wie großer Vollendung Gr. hier die kindliche Reinheit im Verein mit all den kleinen weiblichen Listen zu charakterisieren versteht. Welch ein bedeutender Fortschritt, bühnentechnisch und künstlerisch, zu der nur mit Effekten arbeitenden Liebesscene Bertha-Jaromir!

5. Auftritt: Sappho (eintretend): „Du läßt dich suchen, Freund!" wieder die Technik des Redens im Auftreten, die hier besonders glücklich gewählt ist, da sie ja die G r u p p e noch nicht sieht.

Der 6. Auftritt bringt scharf kontrastierend zum 4. den Dialog Sappho-Phaon. Sappho (nach einer Pause): „Phaon". Gr. sagt nicht etwa („vorwurfsvoll"), sondern er läßt die P a u s e wirken. Während dieser Pause sprechen nur die Augen der beiden und „Phaon!" ist das Resultat all der mannigfaltigen Empfindungen, die Sappho währenddem bewegt haben, wie „Sappho!" der Ausdruck dessen ist, was Phaon gleichzeitig empfindet. Und nun zeigt es sich, wie Gr. die reife Frau zu charakterisieren versteht. Kein Wort der Eifersucht, kein Vorwurf kommt zunächst von ihren Lippen, denn dann würde sie ja die Sache viel schlimmer machen als sie ist. Ganz unerwähnt kann sie aber das Geschehene nicht lassen und so kleidet sie's in die harmlose Form: „Ich sah dich mit Melitten scherzen —" betont aber gleich darauf den großen äußeren und inneren Abstand von i h r : „Melitta ist ein Kind", keine gereifte, seelisch und körperlich vollendete Frau, und sie ist — Sklavin, aber auch geistig, — ganz nebenbei erwähnt das Sappho — kann sie sich mit ihr, der großen Sappho, nicht messen. Das ist wunderbar charakterisiert und wirkt von der Bühne herab unvergleichlich: Es ist das alte Motiv: Der Mann zwischen zwei Frauen, von denen jede die Vorzüge und Nachteile ihres Typus besitzt.

III. Aufzug: Gegend wie in den vorigen Aufzügen. Phaon liegt schlummernd auf der Rasenbank. Nach all dem Jubel des Festmahls, nach den zarten Eindrücken die ihm

folgten, überwältigt von der süßen schweren Sonnenluft,
ist Phaon eingeschlafen. So charakterisiert Gr. ohne Worte
die Eindrücke, die Phaon in der neuen Umgebung empfangen.
Sappho tritt aus der Grotte und all die Gedanken seelischer
Qual entrollt sie noch einmal dem Hörer, während der,
um dessentwillen sie leidet, in ihrer nächsten Nähe ruhig
träumt. Bei seinem Anblick freilich ist aller Zorn und aller
Zweifel entflohen. Sie küßt ihn auf die Stirn und fährt
entsetzt zurück, als Phaon, halb wachend, halb im Traum,
den Namen d e r Frau ausspricht, die seine Gedanken beschäftigt hat: „Melitta!" So gewinnt also der dramatische
Konflikt, der gegen Ende des zweiten Aufzuges drohte,
jetzt festen Boden und muß das Spiel der Vertreterin der
Sappho von V. 857 ab völlig verwandeln: Nicht mehr die
selbstsichere, sieggewohnte, sondern die um ihre Liebe
bangende, von Zweifeln geplagte Frau ist Sappho jetzt,
und diese berechtigten Zweifel machen sie reizbar, ungerecht,
und so in Phaons Augen immer weniger begehrenswert,
als die bedingungslos hingebende Melitta!

V. 878—86 geben eine indirekte Ba. für die köstliche
Stimmung die über dieser Scene liegt: das strahlende Licht
der Mittagsonne ist übergegangen in die weichere, sattere
Farbe des Spätnachmittags; in den schlanken Pappeln, (die
übrigens eine für die Scenerie neue Angabe darstellen,
denn vor I, 1 sind sie nicht erwähnt) spielt der leise Hauch
des Abendwindes. Der wunderbare Gegensatz in dieser
Scene liegt in dem Widerspruch der stürmischen Empfindungen in Sapphos Seele und der großen hehren Ruhe in der
Natur. Welch ein Fortschritt gegen die „Ahnfrau", wo .
allerlei düstere Naturerscheinungen und Geräusche die
düstere Stimmung der handelnden Personen symbolisieren!

V. 897/920 gibt in der langen Schilderung des Traumes
durch Phaon und dem einen Schlußwort zu diesem Traum:
„Melitta!", das Sappho spricht, in wunderbarem Aufbau den
ganzen Gegensatz zwischen den beiden Frauen noch einmal: Sappho, die Hehre, zu der Phaon wie zu einer Göttin
aufschaut, und Melitta, die ihm vom ersten Augenblick an
menschlich und als Weib deshalb so viel näher steht, weil

sie n u r liebendes Weib ist und in ihm den verehrungswür-
digen Mann sieht.

Der 2. Auftritt läßt zunächst wieder die schon oft
beobachtete Pause wirken. Er ist ausgefüllt durch Sapphos
Monolog: Der Bogen klang, es sitzt der Pfeil. Gr. schwebt
hier vielleicht das Bild der von Apollo verfolgten Niobe
vor; außerdem ist diese Stelle meinem Empfinden nach
ein letzter Anklang an die Schicksalsidee noch von der
Ahnfrau her: Die Gottheit hat Sappho Böses bestimmt und
nun den Pfeil auf sie gerichtet. Wie vollendet Gr. es versteht, die Frauenpsyche für den Z u s c h a u e r zur Geltung
zu bringen, beweist er durch den echt weiblichen Wunsch
Sapphos, daß sie ihre Rivalin, die so lange unbeachtet neben
ihr gewandelt ist, s e h e n, jede Linie ihres Körpers, jede
Eigenart sich einprägen will. So leitet dieser Wunsch über
zum 3. Auftritt, der, sehr fein, nicht sofort die beiden Frauen
gegenüberstellt, sondern erst dem Zuschauer durch Eucharis
die das Wesen Melittas e r g ä n z e n d e n Züge schildern
läßt, unterbrochen von den kurzen, flammende Eifersucht
verratenden Einwürfen Sapphos. So hat sich das ganze
Interesse des Zuschauers zugespitzt auf den Moment, wo
Melitta auf der Scene erscheinen wird. Hatte Sappho vielleicht Außergewöhnliches an Melitten zu sehen erwartet,
so täuschte sie sich. Einfach ist sie gekleidet, so schreibt
die Ba. vor, wenn auch mit Sorgfalt, mit Rosen vorn an
der Brust und im Haar. Aber gerade diese schlichte Einfachheit, der Zauber ihrer herben Keuschheit, wirkt auf
Sappho so sehr, daß ihr halb ungewollt das: „Beim Himmel,
sie ist schön!" entschlüpft, und sie, das Gesicht mit den Händen verhüllend, sich auf die Rasenbank wirft. — Die beiden
Frauen stehen einander gegenüber. Beide schön, beide in
einer wunderbaren Scenerie, die eine selbstbewußt erhaben,
die andere nur wirkend durch ihre köstliche, knospenhafte
Jugend. Mit Vorwürfen zuerst, und dann mit weichen
Worten, welche Kindheitserinnerungen bei Melitten wach-
rufen sollen, sucht Sappho wieder das innere Band zwischen
sich und Melitten zu festigen, bis alsbald die rasende
Eifersucht ihr die überlegene Ruhe raubt. Durch die Ba.
V. 1115 Melitta (nimmt schweigend den Kranz ab) kommt

das noch immer demütig dankbare Verhältnis Melittens zu
Sappho zum Ausdruck. Die nächste Ba. V. 1120 aber:
Melitte (tritt zurück) gibt die erste positive Handlung Me-
littes: Es handelt sich um ihre L i e b e, hier steht sie nicht
mehr als Dienerin der Herrin, sondern als Weib dem Weibe
gegenüber. Diese Ba. wird durch die nächste (beide Arme
über die Brust schlagend und dadurch die Rose verhüllend)
wesentlich gesteigert. Sappho: „Umsonst dein Sträuben. Gib
die Rose!" M.: (die Hände fest auf die Brust gedrückt, vor
ihr fliehend) gibt die indirekte Ba., daß Sappho nicht davor
zurückschreckt, Melitten mit Gewalt zwingen zu wollen.
Mit dem Ruf: „Nimm mein Leben!" macht Gr. dem Zuschauer deutlich, daß sich die psychologische Wandlung vom
Mädchen zum Weibe in Melitta vollzogen hat. Ich möchte
an dieser Stelle darauf hinweisen, daß die Sappho keinesfalls von einer Heldenmutter gespielt werden darf, wie es
leider zuerst der Fall war, und was schon Laube als nicht
günstig bezeichnet. Die erste Darstellerin der Sappho war
bekanntlich Sophie Schröder. Als Laube nun die Rolle einer
Liebhaberin übergab, „erschien das Stück wie neu geboren
una fand einen ungemeinen Aufschwung." — Als auf den
Ruf Melittas zu den Göttern Phaon (6. Auftritt) herbei-
eilt, da zeigt die Gruppe auf der Bühne dem Zuschauer
sofort, welche innere Wandlung zwischen den dreien sich
vollzogen hat. Die bisher erhabene Sappho hat sich zu
einer recht unschönen Handlung hinreißen lassen, die sie
von ihrem hohen Piedestal stürzen muß; andererseits be-
wahrt Melitta, obwohl im Recht, ihre demütige, bescheidene
Zurückhaltung.

Nach V. 1125 (Pause) als Moment der Spannung für's
Publikum hier besonders wirkungsvoll angewandt.

Die Ba. nach V. 1131 (mit starkem Ton) soll das
Gefühl Sapphos, völlig im Recht zu sein, ausdrücken, und
gleichzeitig Phaon zur Rechenschaft fordern. Mit der nun
folgenden Erwiderung Phaons, speziell V. 1142/45, ist der
Sieg Melittas über Sappho im Herzen Phaons entschieden:
Er gab ihr die Rose

„Als Bürgen meiner innern Ueberzeugung,
Daß stiller Sinn des Weibes schönster Schmuck,

Und daß der Unschuld heitrer Blumenkranz
Mehr wert ist als des Ruhmes Lorbeerkrone.
Sie weint! — Oh weine nicht Melittion! —"
Das ist bühnentechnisch meisterhaft von Gr. gemacht. Welch'
plötzliche Wandlung in der Gruppe: Phaon der Richtende,
Sappho die Angeklagte, — und Melitta? Nicht stolz, nicht
pathetisch tönend, wie Sappho, nein — ganz still weint
sie vor sich hin; sie ist wieder das seelisch leidende, hilfe-
suchende, verlassene Geschöpf, als das Phaon sie zum ersten
Male sah. „O weine nicht Melittion" ist da das erste
Wort, daß er an sie richtet. Nicht umsonst hat Gr. hier
die Koseform Mellittion gewählt. Abgesehen von dem rein
melodischen Moment, dem schmeichlerischen Klang, den
der Name dadurch erhält (Sappho: V. 1014: „Ach ein
süßer, weicher Name, Ein ohrbezaubernd liebevoller Name")
liegt in dieser Koseform der Ausdruck einer Liebe, wie
Phaon sie Sappho gegenüber nie geäußert hatte. Die
Emsigkeit der Biene ($\mu\acute{\epsilon}\lambda\lambda\iota\sigma\sigma\alpha$) und die Süße des
Honigs zu einem süßen, tröstenden Schmeichelnamen ver-
einigt!

V. 1156 (den Dolch aufraffend, der Sappho entglitten
ist). Entglitten mag er ihr sein in der Pause nach V. 1125,
während der Sappho zur Erkenntnis kommt, wie weit sie
sich hat fortreißen lassen. Die Ba. war hier, obwohl äußerlich, doch notwendig, um nicht im ersten Augenblick den
Gedanken aufkommen zu lassen, als wollte Phaon mit: „Mir
diesen Stahl!" Sappho auffordern, damit auf ihn loszu-
gehen. Ich möchte hier ein paar Worte zur Verteidigung
Gr.s einflechten, daß er Sappho den Dolch in die Hand
drückt. Man hat das schleunigst benutzt, um hier Anklänge
an die „Ahnfrau" herauszufinden, ihm den Vorwurf der
Kulissenreißerei gemacht u. a. m. Dem kann ich mich aus
dem Grunde nicht anschließen, weil diese Arbeit ja Gr.s Werk
im Rampenlicht betrachtet, so daß. da andere Prinzipien
für die Beurteilung gelten müssen, als sie sonst üblich sind:
Sappho m u ß t e hier etwas außergewöhnliches tun, was
sie in Phaons Augen völlig herabsetzt. Ferner mußte diese
Handlung doppelt verwerflich sein, weil sie einer S k l a v i n
gegenüber begangen wird, deren Leben (vgl. 1149) der Herrin

ohnehin schon gehört. Endlich mußte Phaon Augenzeuge
einer solchen Handlung werden (vgl. V. 1176: „Sie selber
mußte, sie selber ihren eigenen Zauber brechen") Und
alle drei Anforderungen mußten sich zu einer bühnenwirk-
samen, hochdramatischen Scene vereinigen. Ich meine daher,
daß Gr. hier den Dolch anwenden konnte, umsomehr, als
dadurch Melitta in direkte Lebensgefahr kam, und das innere
Band zwischen Melitta und Phaon durch die Rettung aus
höchster Gefahr nur noch fester geknüpft wurde. V. 1162
Sappho (ihn starr anblickend): „Phaon!" vgl. II, 6, Sappho
(nach einer Pause): „Phaon!" Beidemale enthält sich Gr.
jeder Anweisung für die Klangfarbe, in der die Schauspielerin den Namen zu sprechen hat, und läßt so der Individualität der Vertreterin dieser Rolle weitesten Spielraum: Sie blickt ihn starr an, sucht ihn gleichsam mit diesem
Blick zu sich herüberzuziehen, und den Grundton, der hier
erklingen soll, gibt V. 1162 Phaon: „O höre nicht den süßen
Ton, Er lockt dich schmeichelnd nur zu ihrem Dolch!"
Sappho weiß, daß sie im Begriff ist, Phaon ganz zu verlieren, und wendet nun die süßesten Gefühltstöne an, die
aber, da sie bei ihr gleichsam berufsmäßig erklingen (vgl.
V. 1164: „lange schon Eh ich sie sah, warf sie der Lieder
Schlingen Von Ferne leis verwirrend um mich her") ihre
Wirkung verfehlen.

V. 1178 Sappho (noch immer starr nach ihm blickend):
„Phaon!" Nimmt das „Phaon" von V. 1162 in gesteigerter
Form wieder auf, und so bleibt Gr. im Bild der Zauberin
Circe, daß er von V. 1162 an ausspinnt, bis zum Schluß
des 3. Aufzuges. Dieser Ton muß schmerzgequält klingen,
wie V. 1180 „Sie weint!" zeigt. Nach V. 1183 (er führt
sie fort) ist charakteristisch für die Wandlung: Phaon hat
jetzt ein Anrecht auf Melitta, und wie selbstverständlich
führt er sie mit sich fort von der drohenden Gefahr. —
Melitta, weicheren Gemüts, kehrt noch einmal um, und noch
einmal taucht für einen Augenblick das Bild auf: Sappho
die Herrin, Melitta die Sklavin, als Melitta umkehrend und
ihre Knie umfassend zu Sappho in der Stellung aufblickt,
wie der oberste der Götter gebeten wird. Wie am Schluß
des 2. Aufzuges häufen sich auch hier die Ba., sechs in

fünf Versen, die dazu dienen, eine besondere dramatische Bewegung gegen den Aktschluß hin hervorzurufen, bis mit dem verhallenden „Phaon!" der lezte Accord in der Skala der Gefühlstöne verklungen ist, die sich in jeweilig wechselnder Klangfarbe (V. 1162; 1178; 1188) der gequälten Brust Sapphos entringen.

4. Aufzug. Sehr zum Vorteil der Handlung bleiben dem Publikum zeitraubende Verwandlungen erspart. Nur die Beleuchtung hat gewechselt. Das satte Orangerot des sinkenden Sommerabends vom vorigen Aufzug hat sich zur Mondnacht gewandelt. Welche wunderbaren Möglichkeiten ergibt das zunächst für das Bühnenbild. An dem mattblau beleuchteten sphärischen Horizont erglänzen Sterne in wunderbarer Naturtreue; der Mond selbst ist nicht sichtbar, nur sein mildes Licht fällt auf die magische Scenerie, während die im Schlagschatten liegenden Bäume und Rosenbüsche ihre phantastischen Konturen nur ahnen lassen: Ein besonders schönes Spiel von Licht und Schatten gibt der architektonisch so wirksame Säulengang im Hintergrunde. Gerade für diese, jeden Regisseur begeisternde Szenerie hat der Wiener Burgtheaterleiter Baron Berger ein äußerst feines Verständnis bewiesen (vgl. Gr.-Jahrb. Bd. IX).

Schon die erste Ba. gibt psychologische Momente für die seelische Verfassung Sapphos: Sappho „kommt", zunächst also wirkt die Gestalt im fließenden Gewande, auf dessen Falten das Mondlicht wechselvoll spielt. Ihre Gedanken beschäftigen sie so sehr, daß „sie stehen bleibt". O. E. Lessing vergleicht den nun folgenden Monolog in Stimmung und Ausdruck mit dem Leicesters (Maria Stuart 3839 ff.): „Ich lebe noch! Ich trag es noch zu leben! Stürzt dieses Dach nicht sein Gewicht auf mich! Thut sich kein Schlund auf das elendste Der Wesen zu verschlingen!" Nur ist in der schauspielerischen Darstellung ein großer Unterschied. Will die Darstellerin den Gehalt der Dichtung erschöpfen, so muß sie hier ganz leise, vollständig weltfremd mit dem grüblerischen: „Bin ich denn noch, und ist denn etwas noch", beginnen, so daß die Gedanken, die ihr Inneres während der langen Pause beschäftigt haben,

5

a l l m ä h l i c h Gestalt gewinnen und sich zu Worten for-
mulie,en.

V.. 1201—6. Der Wunsch, von all der Qual durch
einen, alle Empfindung entbehrenden Schlaf erlöst zu sein,
erinnert an Hamlets Wunsch „Sterben, schlafen, nichts
weiter".

Im Folgenden kann die allgemeine Betrachtung V.
1209/12 für die Aufführung mit Vorteil gestrichen werden,
da sie für die Handlung kein psychologisches Moment gibt.

V. 1232 „Lebt ihr denn noch, gerechte Götter? (wie
von einem plötzlichen Gedanken durchzuckt) Ihr lebet, ja!"
zeigt die Technik, im Monolog wie zufällig auf etwas zu
stoßen, dann aber daran bewußt einen die Handlung fort-
führenden Gedanken zu knüpfen. (vgl. V. 496 f. Ph.: „Weh,
ich vergesse hier mich selber noch, Und sie und Eltern
und — Oh meine Eltern! muß ich erst jetzt, jetzt eurer
mich erinnern!")

Der zweite Auftritt zeigt uns zum ersten Mal wieder
seit I, 4 Rhamnes auf der Bühne. Auf seine Frage: „Was
gebeutst du Herrin?" erfolgt keine Antwort, vielmehr über-
hört sie, ganz mit ihren Gedanken beschäftigt, sein Kommen
und gibt ihm so ungewollt Gelegenheit, schweigend zu
hören, was sie quält. Um nicht n o c h länger zu schweigen,
wiederholt Rhamnes seine Frage, aber auch das reißt Sappho
nicht los von dem Ausbruch ihres Zorns und er wird so
Ohrenzeuge, wie Sapphos Liebe zu Phaon sich in den
tiefsten Haß gewandelt hat. Seine Frage:

„O Herrin magst du weilen so im Dunkeln
Beim feuchten Hauch der Nacht, der Meeresluft?"
erinnert an Günthers Frage in der „Ahnfrau" IV, 1:

„Mögt ihr weilen so allein
In den düsteren Gemächern
Und in dieser, dieser Nacht?"
Das ist offenbar eine Stimmungsreminiszenz an die „Ahnfrau". Jedoch muß ich gegen Gr. den kleinen Vorwurf
erheben, daß die Frage in der Ahnfrau in die Stimmung. auf
der Bühne paßt, während sie hier nicht die Scenerie charakterisiert, wie er sie selbst durch seine indirekte Ba. V. 878/887
vorschreibt. Wenn einem solchen köstlichen Abend, wie ihn

Phaon da schildert, eine Mondnacht folgt, dann ist sie festlich hell; geheimnisvoll zwar, aber doch in ihrer Grundstimmung heiter, und die unbewegte Meeresfläche reflektiert wie ein Spiegel das silberne Mondlicht; eine Nacht, wo ein von seelischen Qualen bedrückter Mensch sich doppelt freuen mag, in der freien Natur zu sein. Im Folgenden ist es erstaunlich, daß Gr. sich für die so wichtige Rolle des Rhamnes jeder Ba. enthalten hat. Umsomehr muß hier der Schauspieler hinzutun, um aus der so lange von der Scene verbannten Figur eine lebensvolle Gestalt zu machen, deren Handeln von Liebe zu seiner Herrin und von Haß gegen den Fremdling, der Sapphos Schmerzen verursacht, eingegeben ist. Wie unabsichtlich und als ahnte er nichts von dem, was in Sapphos Seele vorgeht, bringt er das Gespräch auf Phaon; in seiner geheuchelten Sachlichkeit und Unschuld hat er beinahe Züge von Jago. V. 1315 gibt an einer ganz besonders exponierten Stelle mit großem Geschick die Pause. S.: „Denn diese Nacht noch mußt du fort nach Chios!" Rh.: Allein?" S.: „Nein!" (Pause). Rh.: „Und wer folget mir dahin?" Während dieser Pause ringt Sappho mit sich, ob sie ihren Entschluß ausführen und sich so dem Diener in die Hände geben soll. Dieser seinerseits kann unterdessen durch sein Spiel grenzenlose Ueberraschung und größtes Staunen ausdrücken.

V. 1316: Rh.: Wer nach Chios mit mir? Und die Vor- • schrift: S.: (ihn auf die andere Seite des Theaters führend) treibt die Spannung im Publikum auf die Spitze. Das ist bühnentechnisch ausgezeichnet gemacht. Der Abgang Rahmnes' leitet dann über zu dem kurzen Monolog Sapphos: „Er geht!" usw., der ihre innere Bewegung offenbart und die Tat in einem milderen Lichte erscheinen läßt, gleichzeitig aber auch scenisch die Pause bis zur Rückkehr Rhamnes' mit Melitta ausfüllt.

Melittas erste Worte: „Hier sagtest du, sei die Gebieterin. Sie ist nicht da!" zeigen, mit welcher Verschlagenheit Rhamnes an's Werk gegangen ist, und geben so eine indirekte Ba. für die schauspielerische Anlage der Rolle. R.: (verlegen umherblickend) „Nicht? Nein fürwahr — nicht da. Doch erst vor kurzem war sie hier! So komm!"

das erinnert geradezu an Shakespeare'sche Technik und wird im Folgenden noch gesteigert: „Weil — daß sie eben mir den Auftrag gab! Nicht ansehen kann ich sie. Was sag' ich ihr?" zeigt, daß hier eine indirekte Ba. vorliegt, nach der Rh. ein „a part", wie es in der älteren Theaterliteratur so oft zu finden ist, sprechen soll.

V. 1369. Rh.: „Wenn auch in meinen Augen Tränen blinken" beweist, daß Rhamnes auch weicheren Regungen zugänglich ist, während es eigentlich psychologisch viel wirksamer wäre, ihn unempfindlicher, und lediglich aus Haß gegen den Fremdling und aufgedrängten Herrn handeln zu lassen.

Wie in V. 1124 im Augenblick höchster Gefahr, so erscheint auch hier V. 1374 Phaon.

V. 1414. Ph.: Ein Kahn? ⎫ gibt die rein akustische
17.   Ein Kahn? ⎬ Steigerung des gesprochenen
18.   Ein Kahn? ⎭ Wortes wieder und zeigt, wie
vom Augenblick, wo das Wort zum ersten Mal gefallen ist, es den Helden nicht mehr losläßt. Im Folgenden zeigen sich mit Rücksicht auf die dramatisch bewegte Handlung mehrfache Ba., die dazu dienen, starke Bewegung in die Gruppe zu bringen. Bemerkt sei für den Abgang der drei, daß ein guter Regisseur im Interesse möglichster Natürlichkeit dafür sorgen wird, daß sie nicht erst nach Phaons Worten: „Es gilt dein Leben, sag ich dir!" (alle ab) abgehen, sondern, daß sich Phaon mit: „Und Amphitrite ist der Liebe hold" schon in Bewegung setzt. Der Zuschauer sieht · dann, während Phaon Rhamnes vor sich hertreibt, noch dessen Widerstand, hört noch sein aufbrausendes „Herr!" und dann, verhallend, Phaons Antwort: „Es gilt dein Leben, sag ich dir!"

Der 6. Auftritt beginnt wohlweislich mit einer Pause, während der Phaon—Melitta—Rhamnes Zeit haben, sich zu entfernen, so daß sie, wenn Eucharis auftritt, außer Hör- und Sehweite sind. Gleichzeitig gewinnt Gr. damit eine überlegte Spannungspause.

Daß Eucharis auf den Stufen „e r s c h e i n t", also nicht sofort herunter und in den Garten eilt, erweckt einmal den Eindruck, daß sie Rhamnes' Stimme nur zu hören g l a u b t e, dessen aber nicht sicher ist, dann ein sehr schönes Bühnenbild: Das Mädchen im fließenden Gewande unter den Säulen, das Ganze magisch übergossen vom Mondlicht. Gr. läßt also auch hier zunächst die bildartige Ruhe wirken, dann erst „steigt sie herab".

V. 1480. Rh.: (von weitem): Zu Hilfe! Euch.: Man ruft! Rh. (näher): Herbei! „Ha' Rhamnes! Rh. (nahe): Sklaven Sapphos! 7. Auftr. Rh. (selbst: Auf auf! Zu Hilfe! stellt eine meisterhaft ausgearbeitete, äußerst bühnenwirksame Klimax dar.

V. 1488 Euch.: (Die Stufen hinauf, sc. eilig). Da Rh. ja sagt: „Zu Worten ist nicht Zeit ..., Eile!", ein hübscher Bewegungsgegensatz zu V. 1471 (Sie steigt herab).

Die Ba. zu V. 4190 zeigt, wie Gr. sich schon in die bühnenmäßige Auffassung seiner Anweisungen hineingelebt hat: (Es kommen nach und nach mehrere Diener) Dadurch deutet er an, daß der eine schneller munter war als der andere, dieser eher den Ruf der Eucharis gehört hat als jener, während, wenn alle gleichzeitig kämen, man den peinlichen Eindruck einer auf ein Kommando losgelassenen Statisterie gewinnen würde. In all' den Aufruhr hinein tönt (8. Auftritt) Sapphos Stimme mit jener königlichen Hoheit, die der Grundzug ihres Wesens ist. Als sie erfährt, mit wem Phaon geflohen ist, drückt sie ihre Empfindungen (1505/30) im letzten Grunde völlig unweiblich aus. Es ist Gr. gelungen, in wunderbarer Charakteristik die Dichterin Sappho zum zweiten Male vorzuführen (vgl. IV, 1 und I, 6). Schon 1222/23 wendet sich Sappho an die Götter als an diejenige Instanz, die der erhabenen göttlichen Dichterin am nächsten steht. Und nicht ein in abgerissenen Worten dahinströmender Schmerz, sondern die pathetisch tönende, wohlstilisierte Rede ist es, in die sie ihre Empfindungen umgießt. Für kein Drama Gr.s bedarf es so vorzüglicher Sprecher, wie für die Sappho und speziell für die Titelrolle selbst, da das ganze Milieu den Dichter in zwiefacher Hinsicht zwingen mußte, von der Höhe des klassischen Kothurns zu reden.

Gr. schreibt noch einmal bewußt das allmähliche Auftreten der Comparserie vor: V. 1515 (Die Bühne hat sich n a c h und n a c h mit Fackeln tragenden Landleuten und Sklaven angefüllt). Die Ba. (unter ihnen herumgehend) ist wieder eine der hier zahlreichen Bewegungsanweisungen, die Gr., speziell wenn sich mehrere Personen auf der Bühne befinden, mit der deutlichen Absicht betont, dramatische Bewegung in die Masse zu bringen.

V. 1521. Nicht umsonst soll Lychas noch des Liedes gedenken, es ist ja das sich ihres hohen Berufs bewußte Weib, die Dichterin, die ihr Volk aufruft. Für sie berührt jedes Erlebnis in irgendeiner Form ihre Kunst, die sie auch hier, in der größten Aufregung, nicht vergißt, ja mit der sie sogar ihre Leute anwirbt. Nicht genug kann man bewundern, wie Gr. diese Frau im Gegensatz zu Melitta zeichnet. Beide sind Gestalten, wie sie im Alltagsleben uns immer wieder begegnen: Melitta die Gretchennatur, das weiche, liebende Weib, das so recht geschaffen ist, als stillwirkende Hausfrau das Heim zu verschönen. Ihr gegenüber die gereifte, geistvolle Frau, die schließlich trotz aller hohen Vorzüge des Geistes und des Körpers hinter dieser rührend natürlichen, keuschen Weiblichkeit zurückstehen muß. Und zwischen beiden der Mann, Phaon, der sich im ersten Augenblick blenden läßt, und dann sich selber findend bewußt an die Seite des Mädchens tritt.

V. 1530 (in Tränen ausbrechend) zeigt, wie Sappho allmählich das hohe Pathos verläßt und in menschlicheren Tönen spricht.

V. 1534. Ein Landmann: „Mit ihm nur kehren wir zurück" ist scen. nicht gut. Wenn Sappho einen ganzen Volkshaufen zu begeistern sucht, so wirkt dieser eine Landmann etwas spärlich. Der Grund liegt darin, daß Gr. den Akt, der zum Ende drängt, nicht durch n a m e n t l i c h e Anführung mehrerer Personen belasten wollte. Natürlich wird ein guter Regisseur darauf achten, daß schon während des Aufrufs vereinzelte Zustimmungen aus dem Volke ertönen, ferner, daß der Satz „mit ihm nur kehren wir zurück" noch von mehreren andern in wenig veränderter Form und nicht so ausgeprägt, sondern allmählich im allgemeinen Aufruhr untergehend, aufgenommen wird, um die hier in den Ba. vernachlässigte Bewegung zu verstärken. Mit der offenen

Frage: „Oh laß mich sinken, warum hältst du mich?"
schließt der 4. Aufzug. Es ist die Frage, die das Publikum
in etwas anderer Einkleidung unausgesprochen empfindet:
In welcher Weise soll sich der Konflikt in Sappos Seele
lösen?

5. Aufzug. Tagesanbruch. Da I, 1 mit Rhamnes' Worten:
„Auf, auf vom weichen Schlaf!" beginnt, so umfaßt also:

1. Aufzg.	Morgen und Vormittag	
2. „	Mittag	insgesamt
3. „	Nachmittag bis Sonnenuntergang	24 Stunden
4. „	Die darauf folgende Nacht	
5. „	Den Morgen des folgenden Tages	

Beleuchtungstechnisch arbeitet also die Sappho mit
allen auf der Bühne möglichen Lichteffekten.

1. Auftritt. Sappho (sitzt halbliegend auf der Rasenbank unbeweglich vor sich hinstarrend. In einiger Ent-
fernung sitzt Eucharis; weiter zurück mehrere Sklavinnen.
Rhamnes kömmt). Diese Ba. ist äußerst charakteristisch.
Wenn der Vorhang aufgeht, erblickt der Zuschauer eine
Gruppe antiker Plastik durch die absolute Ruhe der Gestalten, auf deren weißen Gewändern sich die Morgensonne leuchtend abhebt von den grünen, blauen und roten
Tönen der Rosenbüsche, des Rasenteppichs, und von Meer
und Himmel im Hintergrund. Die erste Bewegung in der
ganzen Gruppe ist das: „Euch.: (Den Finger auf dem
Munde) „Still! still!" Es setzt also, um einmal hier einen
musikal. Ausdruck anzuwenden, der fünfte Aufzug mit einem
Pianissimoauftakt ein.

V. 1549. S.: (Emporfahrend) „Schiff? Wo?" vgl. V.
496 f. und 1232; im folgenden zeigen sich wieder die bei
dramatisch bewegten Scenen häufigen Bewegungsanweisungen, wo sich die innere Unruhe mit der äußeren deckt,
oder die äußere Unruhe Symbol für die innere ist.

Der klassizistische Einschlag zeigt sich in der Sappho
schon rein äußerlich in der geringen Anzahl der Hauptpersonen. Die Ba. S.: (winkt ihm fortzufahren); (verhüllt
sich die Augen mit der Hand); (eilt dem Hintergrunde zu)
und (umklammert den Altar) zeigen in schneller Steigerung
die starke Wirkung, die die Erzählung auf Sappho ausübt.

Für Melittens Auftritt sind die V. 1584/85 und 90 indirekte Ba. Ihre Stirnwunde mag sie mit einer Binde umwunden haben und so wankenden Schrittes von Phaon gestützt
(vgl. Ba. zum 3. Auftr.) die Scene betreten. Dadurch erweckt sie umso größere Reue bei Sappho und umso größeres Mitleid beim Publikum. Die Ba. V. 1644; 49; 52 und
1708 setzen sich zu einer großen dramatischen Bewegung zusammen: Sappho, schuldbewußt vor Phaon fliehend, worin
die Ba. 1708 Ph.: (Er faßt ihren Arm und wendet sie
gegen sich. Sie blickt empor, ihr Auge trifft das seinige)
E.: (schmerzvoll zusammenfahrend): „Weh mir!" den Höhepunkt bedeutet. Gleichzeitig zeigt das Spiel beider die große
Wandlung: Jetzt ist Sappho die Schuldbeladene, Phaon der
Richter im Gegensatz zu III; 1, 2.

V. 1752/59 bringt die Gegenüberstellung des inneren
Wertes der beiden Frauen, so wie sie Phaon jetzt sieht.
Die heldenhaften Momente, die in der Scene mit der Rose
im Charakter Melittas aufblitzten, als es sich um ihre Liebe
handelt, sind wieder erloschen, es war nur das erste Auf-
flammen der Weibesseele, während Melitta Sappho gegenüber nur „das kleine Mädchen" bleibt. Daß Sappho sich
an Eucharis' Schulter lehnen soll, zeigt sie innerlich ge-
brochen und anlehnungsbedürftig. V. 1782 Ph.: (Melitten
umschlingend und ebenfalls hinkniend) deutet auf die
Schlußapotheose hin und zeigt die Gruppenwirkung im Aktschluß. „Bedenke was du tust und was du bist!" (Sappho
fährt bei den letzten Worten empor und blickt die Knieenden
mit einem starren Blicke an, wendet sich dann schnell ab
und geht) soll ihren großen Entschluß vorausahnen lassen.
V. 1930/42 zeigt in der Erzählung der Eucharis die zweite
Andeutung auf die Apotheose, mit der der 6. Auftritt schließt.
Die ausführliche Ba. zum 6. Auftritt soll schon rein äußerlich die große Wandlung dartun, die mit Sappho vorgegangen
ist. „Auf den Stufen des Säulenganges, umgeben von der
Schar ihrer Dienerinnen, gekleidet wie zu einem Fest, den
olympischen Lorbeer auf dem Haupt, die goldene Leier
in der Hand" die ja auch Apollo Musagetes trägt, erscheint Sappho und schreitet ernst und feierlich herunter,
dann: „lange Pause"; die große erwartungsvolle Stille vor

der Entscheidung. Gr. macht Melitten zur Interpretin des gewaltigen Eindrucks, den dieser Moment auch beim Zuschauer hervorruft, wenn er sie sagen läßt: „Oh Sappho, oh Gebieterin!" Sappho (ruhig und ernst) ergänzt das ruhige Bild, das sie äußerlich gewährt, auch nach der innerlichen Seite hin. Sie hat jetzt einen abgeklärten Standpunkt für ihr Urteil gewonnen, nur einmal noch versagt ihr die Stimme; die folgenden 5 Ba. bringen ruhige gemessene Bewegungen in die Gruppe und bereiten den Zuschauer auf etwas Außergewöhnliches vor.

V. 1976. Die Scenerie, in strahlendes Morgenrot getaucht, wandelt sich zum Gottesdienst vor dem Altar der Aphrodite. Nicht mehr die Menschen sind es, an die sich Sappho wendet, sondern die Götter, in dem Bewußtsein, daß sie als erhabene Dichterin alsbald zu ihnen gehören wird. Die Ba. V. 2016; 19; 20; 23; 25, zeigen sie in wachsender Größe immer näher der Apotheose, bis sie mit den Worten: „Ihr Götter segnet sie und nehmt mich auf!" ihr sterblich Teil dem Meere übergibt. Die wenigen nun folgenden Verse vertragen für eine Aufführung einen kleinen Strich. V. 2034/37 können mit Vorteil fehlen. Dann verkündet Rhamnes abschließend noch einmal den Gedanken der Apotheose: „Es war auf Erden ihre Heimat nicht — (mit erhobenen Händen, Stellung des Betenden). Sie ist zurückgekehrt zu den Ihren! —"

Für die Behandlung der folgenden Dramen Grillparzers liegt die ältere Ausgabe seiner Dramen von August Sauer (8 Bände) zugrunde, welche nur den Text ohne Verszählung zum Abdruck bringt, mit dem jeweiligen Nachwort Heinrich Laubes. Bei Abfassung der vorliegenden Arbeit war von der großen von Sauer veranstalteten Grillparzer-Ausgabe nur der 1. Band erschienen, sodaß ich also im Folgenden auf Verzählung und kritischen Apparat verzichten muß.

Das goldene Vließ.

Voran schicke ich wieder Schreyvogels Tagebuch-notizen:

5. Aug. 1819. Gr. ist zurückgekommen und hat mich be-sucht. Offenbar ist das Selbstgefühl sehr überwiegend in ihm geworden.

8. Nov. 1820. Ich habe nun von Gr. sein goldenes Vließ als fertig erhalten. Der 3. und 4. Akt der Argonauten sind schlecht, das frühere größtentheils gut, und die erste Hälfte der Medea vortrefflich.

9. Nov. Die ganze Medea ist beinahe ein Meister-stück und auch dem übrigen fehlt nicht viel dazu.

24. Febr. 1821. Heute und gestern war Leseprobe von Gr.s Stück. Die Medea ist wirklich ein treffliches Werk; auch der Gastfreund ist tüchtig. Die Argonauten haben als Ganzes wenig inneren Werth.

25. März. Heute war Hauptprobe der Argonauten. Die zweite Hälfte des Stückes taugt nichts; der Erfolg scheint noch immer zweifelhaft.

26. März. Der Erfolg war dennoch glänzend, die Schwächen der letzten Akte wurden übersehen. Das Vor-spiel und der Epilog machte Furore.

Das ausgedehnte hs. Material, das der kritische Apparat der großen Sauer'schen Ausgabe mit verwerten wird, war dem Verfasser nicht zugänglich, so daß es für die Be-handlung angemessen schien, die wichtigsten Fragen, die sich unter dem Gesichtspunkt dieser Arbeit aus „Ahnfrau" und „Sappho" ergaben, im Folgenden zu bestimmten Grup-pen zusammenfassen, die dann etwa folgende Titel ergeben:

1. Scenerie und Lichteffekte,
2. Personen und darstellerische Charakteristik,
3. Gruppenwirkung im Bühnenbild und bei Aktschlüssen,
4. die Pause zum Zweck der mimischen Wirkung des Darstellers und als Spannungsmoment. .
5. direkte und indirekte Bühnenanweisungen,
6. musikalische Elemente.

„Das goldene Vließ. Dramatisches Gedicht in drei Ab-teilungen", so betitelt Gr. sein neues Bühnenwerk. Wir

haben also hier eine Trilogie vor uns, eine Tatsache, die
für die vorliegende Arbeit von einschneidender Bedeutung
ist. Vom Standpunkt des Publikums, des Regisseurs und
der Schauspieler ist eine Trilogie immer eine üble Sache.
Rein zeitlich ist es schwer möglich, sie an einem Tage,
etwa schon am Nachmittag beginnend, aufzuführen. Zum
mindesten wäre das eine Riesenanstrengung für die Schauspieler wie für das Publikum. Bleibt also nur die Teilung
übrig; an einem Abend „Gastfreund" und „Argonauten",
am andern „Medea". Sofort klafft da ein Riß: Die Aufführung verliert ihre Einheitlichkeit. Der Zweck der Trilogie aber soll doch gerade der sein, einen ausgedehnten
Stoff in äußerem und innerem Zusammenhang zu behandeln,
sonst wäre ja die Trilogie überflüssig und man könnte
den zu behandelnden Stoff auch in der Aufführung teilen,
ohne ihm damit zu schaden. Unter diesem Gesichtspunkte
betrachtet, zeigt es sich nun, daß „das goldene Vließ"
eigentlich nur äußerlich den Namen einer Trilogie bean-
spruchen darf, denn zwischen dem ersten (Gastfreund und
Argonauten) und dem zweiten Teil (Medea) klafft zeitlich
und psychologisch ein so großer Riß, daß eine Spaltung
unter bühnenmäßigen Gesichtspunkten der Aufführung nichts
anhaben kann. Ferner bin ich der Ansicht, das die „Medea"
sehr gut für sich allein bestehen kann. Alle zum Verständnis ihres Charakters notwendigen Voraussetzungen werden
in der „Medea" selbst des langen und breiten wiedergegeben. Mit Schillers Wallensteintrilogie verglichen, sehen
wir also hier einen gewaltigen Unterschied. „Sein Lager
nur erkläret sein Verbrechen" ist auch der Eindruck des
Lesers oder Zuschauers. Das Lager und die Piccolomini
sind Fundament und Aufbau der psychologischen Entwicklung der Handlung, die dann in Wallensteins Tod mit
innerer Notwendigkeit ihren Abschluß findet. Das ist
im „Goldenen Vließ" nicht der Fall. Von jener Medea
der „Argonauten" finden wir nachher fast keinen Zug mehr
vor, vom frischen fröhlichen Heldentum Jasons auch nicht.
Jahre liegen dazwischen. Völlig anders sind die Menschen
geworden. Daß ihre innere Entwicklung den Verlauf nehmen würde, war aus den psychologischen Momenten der

„Argonauten" nicht mit innerer Notwendigkeit zu entnehmen. Wir kommen also zu dem Schluß, daß das „goldene Vließ" vom bühnenmäßigen Standpunkt aus als Trilogie genau so unberechtigt ist, wie die Wallensteintrilogie berechtigt. Gr. hätte mit genau demselben Wert zwei voneinander unabhängige Stücke schreiben können. Tatsache ist, daß die „Medea" sehr oft als in sich abgeschlossenes Drama ohne vorhergehende Aufführung der „Argonauten" gegeben worden ist. Auf einen weiteren wichtigen Punkt weist der alte Theaterpraktiker Heinrich Laube in seinem Nachwort hin: Der gewaltige Altersunterschied der Medea in Kolchis und der späteren in Korinth. Wie soll sich damit eine Darstellung abfinden? Die junge Medea ist, um einen Ausdruck vom Rollenfach zu nehmen, ganz erste Liebhaberin mit sentimentalem Einschlag; die gealterte ist typische Heldenmutter. Beide verlangen eine ausgesprochene Individualität, die sich nicht so zwiegestaltig in e i n e r Darstellerin vereinigen kann. (Denselben Fall finden wir in Hebbels-Nibelungen: Kriemhild). Sowie aber zwei verschiedene Schauspielerinnen die Rolle spielen — wie es vom Jahre 1857 ab im Burgtheater gehalten wurde — haben wir wieder einen Punkt, der dem Gedanken der Trilogie widerspricht. In diesem Zusammenhange wäre also die Notwendigkeit oder die Zweckmäßigkeit einer Trilogie hinfällig. Aber noch einmal müssen wir auf Schillers „Wallenstein" zurückgreifen und zwar im Hinblick auf die Wahl des Stoffes. Der geschichtliche Stoff und die historisch greifbare, geistig überragende Persönlichkeit geben bei einer Aufführung ein ganz anderes Interesse her, als ein Stoff aus der griechischen Mythenzeit, für den wir z u n ä c h s t ein rein menschliches Interesse nicht aufzubringen vermögen. Auch hier ist es wieder die „Medea", die in ihrer Bühnenwirksamkeit am höchsten steht. Hatte schon die „Sappho" Gr.s große Begabung für tragische Frauencharaktere, speziell aber für's Heroische im Weibe gezeigt, so ist ihm das in der „Medea" geradezu vollendet gelungen, und auch darin zeigt sich wieder der Abstand von dem „Gastfreund" und den „Argonauten". So kommen wir also zu dem zweiten Schluß, daß die „Medea", was die Bühnenwirkung anlangt, in rein menschlicher Hinsicht am höchsten steht, und in Verbindung mit dem Vorhergesagten dazu, daß Gr., auch ohne „Gastfreund" und „Argonauten" als Voraussetzung, die „Medea" allein hätte behandeln können.

Ich wende mich zunächst rein äußerlich der Dekoration zu und fasse dabei „Gastfreund" und „Argonauten" zusammen. — Der „Gastfreund" zeigt eine romantisch anmutende Scenerie, die mit dem Meer als Hintergrund, an dessen Gestade ein Altar steht, eine deutliche Parallele zur Scenerie der „Sappho" mit dem Altar der Aphrodite ergibt. Auch die Felsenbank im Vordergrunde (gleich Rasenbank in der „Sappho") fehlt nicht; nur daß die Stimmung im Gegensatz zu der sonnigen Heiterkeit der Sappho-Scenerie eine düstere, nicht so farbenfreudige, ja beinahe ahnungsschwere ist, wie aus häufigen indirekten Ba. hervorgeht. Eine gleich düstere Scenerie zeigt auch der erste Aufzug der „Argonauten"; ja die Ba. „Finstere Nacht" verstärkt diesen Eindruck nur. Ein halbverfallener Turm, aus dessen oberstem Stockwerk Lichtschimmer menschliche Nähe verrät (Parallele „Hero und Leander"), hebt sich gespenstisch vom Meer- und Nachthimmel als Hintergrund ab. Dieser Lichteffekt wird beim Auftritt der Medea aus dem Turm durch die Fackel, die sie trägt, bewußt aufgenommen und verstärkt. Ein architektonisches Moment in der Landschaft, genau wie in der „Sappho", nur daß hier das verfallene Bauwerk die gegenteilige Wirkung ausübt, als das in harmonischer, hellenischer Struktur prangende der „Sappho". Das düstere Turmgewölbe im folgenden Bühnenbild, in das nur die Bildsäule des Gottes im Hintergrunde und eine Felsenbank vorne rechts Abwechslung bringen, verstärkt den düsteren Eindruck. In dieses Gewölbe kommen Jungfrauen mit Fackeln; das ergibt einen äußerst reizvollen Lichteffekt, den Gr. hier entschieden bewußt ausnutzt, wie er es im 4. Aufzug der „Sappho" schon getan hatte. — Der 2. Aufzug führt in dieselbe dunkle Halle, nur daß jetzt die natürliche Beleuchtung des Tageslichts herrscht. — Der 3. Aufzug gibt in seiner Scenerie ein für Gr. neues Moment: Die W i r k u n g des S t o f f e s als Hintergrund und Seitenwand. Diese Dekoration wird später in der „Medea" und

im „König Ottokar" noch einmal verwertet. Die Anmerkung: „der hintere Vorhang desselben ist so, daß man
durch denselben, ohne die draußen befindlichen Personen
genau unterscheiden zu können, doch die Umrisse derselben
erkennen kann" möchte ich als einen großen be-
wußten Fortschritt in Gr.s Ba. bezeichnen. Er gibt hier
etwas völlig Neues. Ins Beleuchtungstechnische übertragen
schreibt er vor: im Zelt herrscht eine nicht zu helle Tages-
beleuchtung, die Sonne, will sagen der Scheinwerfer, ist
ungefähr direkt hinter dem Zelt angenommen, so daß alle
Personen, die hinter dem Zelttuch agieren, sich deutlich
erkennbar als Silhouetten abheben. Selbstredend müssen
dann die Krieger im Hintergrunde des Zeltes mehr seitlich stehen. Die Scenerie als solche erinnert an Hebbels
„Judith".

Die nächste Scene schreibt eine waldige, also unüber-
sichtliche Gegend an der Straße vor, die zum Lager der
Argonauten führt. Hätte Gr. die Scene im Lager der
Griechen spielen lassen, das natürlich dicht am Gestade
liegen mußte, so hätte er nicht genügend Abwechslung
in's Bühnenbild bringen können. Auch hier spielt wieder
die Rasenbank eine Rolle.

Der 4. Aufzug nimmt das die ganze Handlung durch-
ziehende düstere Moment in's Bühnenbild wieder auf. Er
führt uns in das Innere einer Höhle. Vorgeschrieben ist
kurzes Theater, da man ja nachher, wenn das im Hintergrunde verborgene Tor sich öffnet, den Durchblick in einen
zweiten Höhlenraum haben muß. Die im Vorgrunde rechts
vorgeschriebene Treppe zeigt, daß die Höhle unterirdisch,
etwa im Berginnern, gedacht ist. Die als einzige Beleuchtung dienende Fackel erhöht das Geheimnisvolle, Unheimliche der Vorgänge, und gibt mit den an den Wänden ent-
lang huschenden Schatten und den Lichtreflexen auf den
Gesichtern, sehr reizvolle Lichteffekte. Bemerkt sei hier,
daß wir in der modernen Literatur in Eduard Stuckens
dem Artuszyklus entnommenen „Gawan" im letzten Akt
denselben scenischen Effekt haben: das dunkle Gewölbe,
im Hintergrunde das Tor, aus dem sich, wenn es sich
unter den heldenhaften Schlägen Gawans auftut, eine breite

Lichtflut ergießt, die nun allerdings nicht von einem höllischen Untier, sondern vom strahlenden Marienbilde ausgeht. Beidemal, wenn auch im „Gawan" feinsinniger motiviert, der geradezu raffinierte Gegensatz von gespenstischem Duster und strahlender Lichtfülle, beidemal die Mittelwirkung, d. h. die Wirkung, daß sich der Kernpunkt, um den sich die Handlung in der betreffenden Scene dreht, in der Mitte der Bühne befindet.

Dann wechselt die Dekoration und zeigt, s c e n i s c h nacheinander, z e i t l i c h aber gleichgedacht, den freien Platz vor der Höhle, mit dem Meere als Hintergrund und den Masten und Vorderteil der Argo als belebendes Kulturelement, ein wirkungsvoller Kontrast, der den Zuschauer nach dem unheimlichen Bilde der vorigen Scene wie von einem Druck aufatmen läßt. Und in diese schöne Natur taumelt Jason hinein, verwirrt von dem eben Geschauten; er, der nicht mehr gehofft hatte, das Tageslicht und die Kampfgenossen wiederzusehen. Die Scenerie ist gleichsam ein Symbol für die definitive Rettung und glückliche Rückkehr der Argonauten. Damit wären die direkten Anweisungen für das Bühnenbild erschöpft, indirekte von w e s e n t l i c h e m Wert — wie etwa in der „Sappho" IV und V — finden sich nicht.

Die Personenzahl weist für den Gastfreund 5, für die Argonauten 7 auf, und zwar sind Absyrtus und Milo neu hinzugetreten.

Wir hatten schon gesehen, daß Gr. mit Absicht die Ruhestellung einer Gruppe gleich einer Skulptur wirken läßt. Auch hier findet sich das, und zwar besonders charakteristisch im „Gastfreund" I; 1: Beim Aufziehen des Vorhangs steht Medea im Vorgrunde mit dem Bogen in der Hand, in der Stellung einer Jägerin, die eben den Pfeil abgeschossen. Es mag da das Bild der jagenden Diana vorgeschwebt haben. Ein Moment statuenhafter Ruhe ist auch der, als Phryxus bei seinem Auftritt wie von Erstaunen gefesselt stehen bleibt und dann niederkniet: „Und beuge betend dir ein frommes Knie", während die Umstehenden überrascht regungslos verharren. Endlich, wenn Aietes vor dem Fallen des Vorhangs, Medeen die Arme nachstreckend, regungslos dasteht: „Medea! Medea!" Hier speziell ist an skulpturelle Gruppenwirkung im Bühnenbild gedacht mit Rücksicht auf den Aktschluß.

Unter denselben Gesichtspunkt fällt der Schluß des ersten Aufzuges der „Argonauten". Medea (die unbeweglich mit gesenktem Haupt gestanden, hebt jetzt Kopf und Augen empor): „Götter!" (ihre Jungfrauen stehen um sie) vgl. den Aktschluß der „Sappho". Eine wunderbare Gruppe gibt das Bühnenbild, wenn sich der Vorhang zum 3. Aufzug hebt. Gr. schreibt vor: Medea steht links im Vorgrunde, aufrecht, die linke Hand auf einen Tisch gestützt, die Augen unbeweglich gerichtet in der Stellung einer, die hört, was außen vorgeht. Gora, sie beobachtend, auf der andern Seite des Tisches. Jungfrauen, teils kniend, teils stehend, um sie g r u p p i e r t. Mit voller Absicht wählt Gr. hier die absolute Ruhe. Er gewinnt dadurch erstens ein völlig geschlossenes Bühnenbild, zweitens läßt er die Aufmerksamkeit des Zuschauers der Richtung, in der sich Medeas Sinne, also hier speziell das Gehör, konzentrieren, folgen. Endlich erreicht er damit einen sehr wirkungsvollen Kontrast zu dem Kampftumult Jason-Aietes außerhalb des Zeltes. Die Ruhe der Stellung im Innern des Zeltes bleibt bestehen bis zu dem Stichwort J.: „Dringt bis zu dir mein Ruf, so gieb ein Zeichen! Erwählte!" (Medea, die bis jetzt unbeweglich gestanden, fährt zusammen und legt die Hand auf die tiefatmende Brust). Endlich die Gruppenwirkung am Schluß der Argonauten, die aber nicht von so statuenhafter Ausgeglichenheit ist: Aietes (auf der Erde) „Weh mir! Weh! Legt mich ins Grab zu meinem Sohn!" (Indem die Kolcher sich um den König gruppieren . . . fällt der Vorhang.)

Ich hatte weiter oben auf die große Bedeutung der P a u s e hingewiesen: völlige Ruhestellung der handelnden Personen bei größter innerer Unruhe, oder, das ist der seltenere Fall, die Ruhe auf der Bühne an sich, wobei diese völlig frei bleibt. Die Pause ist ä u ß e r l i c h motiviert, wenn z. B. Absyrtus seiner Schwester im Turm zuruft: „Du Spätwachende bei der einsamen Lampe! Absyrtus ruft, Deines Vaters Sohn! (Pause). Sie kommt nicht, Vater!"

Während der Pause wartet der Rufende auf Antwort, sie ist also rein praktisch motiviert, d. h. ohne daß sie innere Seelenkämpfe ahnen läßt. Dagegen eine stark betonte, sehr bedeutungsvolle Pause schreibt Gr. vor im „Gastfreund": Phryxus mit Gefährten ist abgegangen: (Medea setzt sich auf eine Felsenbank im Vorgrunde und beschäftigt sich mit ihrem Bogen ... Aietes steht auf der andern Seite des Vorgrundes und verfolgt mit den Augen die Diener des Phryxus, die Gold und reiche Gefäße in's Haus tragen. — lange Pause.) Hier ist die Pause innerlich motiviert; Aietes sieht die reiche Beute, die sich im bieten würde, seine Gier ist erweckt, sie weckt wiederum den Gedanken des Verbrechens, läßt ihn seinen Plan abwägen, und als Ergebnis dieser Erwägungen fragt er dann Medea: „Was denkst du?"

Die Pause bei völlig leerer Bühne, die in moderner Zeit Otto Brahm wieder auf den Schild erhoben hat, wendet Gr. „Argonauten" II; 1 an: Medea geht ab in den Turm. Pause, dann tritt Jason rasch auf. Gr. zeigt damit das ganz richtige Empfinden, daß die ununterbrochene Folge von Abgang und Auftritt unnatürlich wirken muß.

Die direkten Ba. scheiden sich in rein äußerliche, betreffend Bühnenbild, Auftritte, Stellungswechsel, und innerlich motivierte (Gemütsverfassung ausgedrückt durch Bewegung, Mienenspiel, etc.). Die indirekten geben durch den Text die Anweisung für den Schauspieler und sind meist psychologischer Natur. Schon bei der „Sappho" hatten wir festgestellt, daß der Dichter bei dramatisch bewegten Scenen die rein äußerlichen Ba. häuft, so besonders gegen den Aktschluß hin; auch hier vgl. „Argonauten" IV. Schluß: A.: (Auf Jason eindringend) J.: (Das Vließ einem Nebenstehenden entreißend, dem er es früher zu halten gegeben) A.: (schreiend zurücktaumelnd). J.: (es ihm vorhaltend). A.: (stürzt zur Erde) A.: (an der Erde) und die Ba. für die schon obenerwähnte Aktschlußgruppe. Aber schon vorher vom Auftritt Goras an bis zum letzten Kampf häufen sich die Ba. Charakteristischer sind die indirekten Ba. im Text. Arg. I; 1: Abs.: „Siehst das Licht aus ihrer Zelle?"; Von dem Licht steht in der Ba. nichts. Ferner vor dem

Auftritt Medeens: Abs.: „Still! Horch, der Riegel klirrt!
Sie kommt! Hier ist sie!" Gleichzeitig ist das ein Beispiel
für die Klimax. Die innerlich motivierte Ba. zeigt sich
ferner, als Jason Medeen (Arg.) verwundet hat: „Es blutet!
Laß doch sehen!" (er nimmt ihre Hand), „Du zitterst,
Mädchen! Die Pulse klopfen, jede Fiber zuckt." Hier folgt
also der rein äußerlichen direkten Ba. eine wesentlich wertvollere durch den Text, die auf die innere Erregung geht,
die Jasons Berührung in Medeen verursacht hat. Eine indirekte Ba. sehr interessanter Art bietet der 2. Auftritt. Eine
Jungfrau erzählt Medeen mit angstvoller Stimme, ihr Leibroß
sei entflohen. Medea: „Es ist gut." Gr. gibt hier mit Absicht keinerlei direkte Ba., weil der scharfe Gegensatz
zwischen der ungeheuren Aufregung auf der einen, der ton-
losen Ruhe auf der andern Seite, der Schauspielerin ein so
reiches Spiel vorschreibt, daß jede Anweisung das nur ab-
schwächen könnte. Gr. bringt eine neue Note in dieses
düstere Drama, die Note des Humors: Milo tritt keuchend
auf, er ist also älter, behäbiger. Seine Worte sind zwar
verärgert, unlustig, aber die Art, wie er sie ein-
kleidet, wirkt belustigend: „Dein Kopf und deine Beine
sind zu rasch, sie laufen, statt zu gehen. Ein großer
Uebelstand! Von Beinen mag's noch sein, da hilft
das Alter, allein ein Kopf, der läuft — Glück
auf die Reise!" Das ist direkt Shakespeare'scher Wortwitz
und gibt der Rolle des Milo gleich beim Auftritt eine
feine Charakteristik. Auch am Schluß der Scene bleibt der
joviale Ton des Brummbären: M.: „Er wagt es doch! —
Dort schwimmt er! — Thut es doch, Und läßt mich
schmälen hier nach Herzenslust!"
    Für eine Aufführung der Argonauten sei ein wichtiger
Punkt bemerkt: Der zweite Aufzug schließt mit dem Kampf
Aietes-Jason v o r dem Zelt (indem er in's Zelt dringen
will und Aietes sich ihm abwehrend in den Weg stellt,
fällt der Vorhang.) Der 3. Aufzug beginnt dann mit der
Scene im Innern des Zeltes, knüpft also im engsten Zusammenhang an den Schluß des 2. Aufzuges an. Ich möchte
nun für eine Inscenierung vorschlagen, zum 2. Aufzuge noch
die erste Scene des 3. Aufzuges hinzunehmen, also den

2. Aufzug mit dem Abschied Medeas vom Vater schließen und den 3. mit der Scenerie: Waldige Gegend an der Straße, die zum Lager der Argonauten führt, beginnen zu lassen. Der Aktschluß bei Gr. ist nämlich aus dem rein äußerlichen Grunde entstanden, weil er eine Verwandlung brauchte. Um das Fallen des Vorhangs kommen auch wir heute nicht herum. Für gewöhnlich haben aber alle Theater zwei Vorhänge, deren einer nur bei Aktschlüssen, der andere bei Scenenwechsel zur Anwendung kommt. Wenn wir nun diesen letzten wählen, so kann mit Hilfe der Drehbühne die Verwandlung so vor sich gehen, daß in zwei Minuten bei dunklem Theater die Bühne sich um 180 Grad dreht, also das Zelt, das man zu Ende des 2. Aufzuges (bei Gr.) im Hintergrund und von außen sah, beim erneuten Heben des Vorhanges jetzt im Vordergrund und von innen sieht. Das ist direkt eine innere Notwendigkeit, denn zwischen dem Kampf Jason-Aietes vor dem Zelt und dem Eindringen in's Zelt liegen ja doch nur Augenblicke, und es ist unbegreiflich, warum Gr. gerade hier den neuen Aufzug beginnen will, da doch ein Vermerk des Scenenwechsels das einzig Notwendige gewesen wäre.

Medea.

Wie schon erwähnt, betrachten wir die Medea bühnenmäßig nicht im Zusammenhang, sondern im Gegensatz zu den übrigen Stücken der Trilogie. Von der Schwierigkeit, die Medea beide Male von derselben Darstellerin spielen zu lassen, hatte Laube schon gesprochen und hinzugefügt, daß bei der Wiederaufnahme der Trilogie im Burgtheater 1857 die Rolle in den „Argonauten" von einer jüngeren, in der „Medea" von einer älteren Schauspielerin gespielt wurde. Für unser Empfinden ist selbstverständlich, ja gar nicht anders möglich, was damals als interessanter Versuch galt. Sappho und die j u n g e Medea sind Frauengestalten, die äußerlich und im Alter auf der gleichen Linie stehen, die ältere Medea aber ist die ausgesprochene Rolle einer Heldenmutter und blieb als solche die Lieblingsrolle aller Vertreterinnen dieses Fachs. — Bei den ersten Aufführungen

(1821) hatte Sophie Schröder die beiden Medeen gespielt. Man denke sich, welch' ein Nonsens und welche skrupellose Rücksichtslosigkeit gegen den Bühnendramatiker, der sich des köstlichen Reizes weiblicher Jugendfrische, mit der er die Medea der Argonauten ausgestattet hatte, begeben mußte, so daß die wunderbare Liebesscene Jason-Medea völlig verschandelt wurde. Als Tragödie mit der „Sappho" verglichen, müssen wir der Medea zwar tragische Größe und wunderbare Bühnenwirksamkeit zusprechen, umsomehr, als das Eheproblem — mutatis mutandis — einen absolut lebenswahren, ja man könnte beinahe sagen, modernen Einschlag hat. Aber dennoch will mir scheinen, als ob gerade die Medea im Gegensatz zu der scenischen und dramatischen Geschlossenheit der „Sappho" einen kleinen Rückfall in die Bahnen der „Ahnfrau" bedeutet, abgesehen davon, daß uns ein rein menschliches Interesse für das treibende Moment in allen drei Stücken — das V l i e ß — völlig abgeht, weil die breite Masse des Theaterpublikums dem nur verständnislos gegenüberstehen kann.

Scenisch bildet die Medea" einen Fortschritt insofern, als sie weit mehr wie in der „Sappho" griechische Architektur unter Vermeidung von Naturbildern zu Worte kommen läßt. Lag der Gegensatz zwischen Scene und Handlung in der „Sappho" in dem heiteren, vollendet schönen Bühnenbild und der allmählich sich tragisch gestaltenden Handlung, so begleitet hier vielmehr die betonte kompaktere Wirkung der Architektur den schweren Schritt der Handlung. Wie der Dichter in der Kunst scenischer Mittel fortschreitet, zeigen die Ba. zu Beginn der fünf Aufzüge deutlich.

Erster Aufzug. Die heitere, gleichsam versöhnende Wirkung im Bühnenbild zeigt sich auch hier: das Meer! Es gehört zum Lebenselement des Griechen, durfte also keinesfalls fehlen. Das neue scenische Moment liegt darin, daß sich auf einer Landzunge Ausläufer Korinths hinziehen, während der Vorgrund durch die Mauern der Stadt überragt wird. Das Zelt wirkt in der Scenerie nur belebend, für den Aufenthalt der handelnden Personen motivierend, ohne durch seine lang

herabfließenden Falten das Bühnenbild abzuschließen, wie
etwa zu Beginn des 3. Aufzuges der „Argonauten".
Der zweite Aufzug läßt ausschließlich die Architektur zu
Worte kommen. Gr. mochte sich von ihrer geschlossenen
Wirkung in der „Sappho" (Säulengang) schon überzeugt
haben, mochte auch wohl an die Wucht der Architektur
denken, die die „prangende, ehrfürchtig begrüßte Halle"
den Scenen in der „Braut von Messina" gibt. So sehen
wir hier also beim Heben des Vorhangs die Halle in
Kreons Königsburg. Daß es eine Säulenhalle mit korinthi-
schen Säulen ist, versteht sich von selbst. Damit gewinnt
der Dichter einen wirksamen Gegensatz zu der Haupt-
person Medea; die Barbarin, die von den einzelnen Zweigen
der hochkultivierten griechischen Kunst keine Ahnung hat,
wandelt hier in der Halle, welche die großzügige Formschön-
heit der griechischen Säulen vollendet zeigt. Der Gegensatz
also zwischen der Scene (heiter) und der Handlung (tragisch),
der die ganze „Sappho" durchzieht, ist hier wiederum angewandt als Gegensatz der künstlerischen Kultur zu einer
in dieser Hinsicht unkultivierten Frauenseele.

Wiederum abgeschlossen zeigt sich das Bühnenbild des
dritten Aufzuges. Der architektonisch begrenzte Vorhof zu
Kreons Burg, im Hintergrund der Eingang zu seiner Wohnung, der natürlich, wegen der guten Mittelwirkung, gegenüber dem Souffleurkasten liegen wird, und endlich rechts
an der Seitenwand ein zu Medeens Räumen führender Säulengang. Auch hier mag Gr. auf die dekorative Wirkung der
Säule mit Recht nicht verzichten und sichert dadurch seiner
„Medea" für die moderne Regie, die nur mit plastischen
Dekorationen arbeitet, eine wunderbare, scenische Wirkung,
die er selbst so vollendet natürlich in damaliger Zeit nicht
haben konnte, wo er nur mit gemalter Architektur vorlieb
nehmen mußte, die dem Auge so wenig Positives bietet.
Der vierte und fünfte Aufzug zeigen dieselbe Dekoration,
jedoch wird das Schlußbild wesentlich gesteigert, dadurch,
daß der einst so formschöne Eindruck der Scene, wie er
sich im 3. Aufzug zeigt, jetzt nur noch einen rauchenden
Trümmerhaufen bietet, der außer seiner dekorativen, auch
eine wunderbare Licht- und Farbenwirkung hervorruft, die

uns gleich auf die Beleuchtungseffekte einen Blick werfen läßt.

Die Handlung in den fünf Aufzügen läuft vom Morgendämmern des einen Tages bis zum Anbruch des nächsten; genau wie in der „Sappho". Daraus ergibt sich die spezielle Parallele für den 4. Aufzug, der, wenigstens gegen Ende, ebenfalls die Sternennacht zeigt. Aus rein praktischen Gründen wird man die in der Ba. vorgeschriebene Dunkelheit in der Beleuchtung zu Beginn des ersten Aufzuges in fahles Morgendämmern verwandeln, das allmählich in die leuchtende Farbe des Sonnenaufganges übergeht, dessen erste Strahlen das von dem Sklaven enthüllte Vließ treffen und so dessen Glanz noch erhöhen mögen. — Für den zweiten und dritten Aufzug finden sich keine besonderen Beleuchtungsvorschriften; die Halle mag also die Beleuchtung eines geschlossenen Raumes bei Tageslicht erhalten, während der Vorhof (III) in vollem Sonnenlicht liegen mag, das mit dem vierten Aufzug, laut Ba., in die satten rötlichen Farbentöne der Abenddämmerung übergeht. Damit gewinnt Gr. wieder das wechselnde Farben- und Schattenspiel, das wir schon von der „Sappho" her kennen, und das gegen den Aktschluß, wo die Bühne sich völlig verdunkelt hat, in der im Innern des Palastes aufzüngelnden Flamme eine wundervolle dramatische Steigerung erhält. — Völlig neu hingegen ist die Lichtwirkung des fünften Aufzuges. Aus den Trümmern wirbeln Rauchsäulen empor, durch deren feineren oder dichteren Schleier die ersten Strahlen des neuen Tages sich ihren Weg bahnen. Diese Filtration des einfallenden Lichts durch Rauch gibt der Stimmung dieses Bühnenbilds eine eigene Mischung von Trauer und Hoffnungsfreude, von Zerstörung und Befreiung. Daß Gr. ganz bewußt die Lichtwirkung der Sonne auf Gebäuden anwendet, dafür möchte ich den Eingang seiner Erzählung „Das Kloster bei Sendomir" anführen: „Die Strahlen der untergehenden Sonne vergoldeten die Abhänge eines der reizendsten Täler der Woiwodschaft Sendomir; wie zum Scheidekuß ruhten sie auf den Mauern des an der Ostseite fensterreich und wohnlich prangenden Klosters."

Allmählich mag die Sonne über den morgendlichen

Rauchdunst Herr werden, und so gewinnt Gr. wiederum
den in der „Sappho" durchgeführten Gegensatz von sonnen-
beleuchteter Scenerie und tragischer Handlung.

Geschlossener und darum größer als die „Argonauten"
wirkt die „Medea" deshalb, weil sie nur drei Verwandlungen
(erster, zweiter, dritter Aufzug) hat, während innerhalb der
Aufzüge keinerlei Dekorationswechsel notwendig wird. Der
griechische Stil in der Scenerie ist einheitlich gewahrt, wo-
durch das Drama den klassizistischen Anstrich im Bühnenbild erhält.

Unter diesem Einfluß gewinnt die skulpturelle Gruppenwirkung auch wieder plastisches Leben. So zeigt die Ba.
zum zweiten Aufzug (Kreusa sitzend, Medea auf einem
niederen Schemel vor ihr, eine Leier in ihrem Arm; sie ist
griechisch gekleidet) ein sehr ausdrucksvolles Bild. Nicht
umsonst sitzt Medea auf einem niederen Schemel vor Kreusa.
Diese ist die geistig Ueberlegene, die Tochter des gastlichen
Königs, die Lehrmeisterin in griechischer Kultur; jene die
Barbarin, nicht H e i m a t b e r e c h t i g t e, die in der neuen
ihr unbekannten Kultur Unterwiesene.

Der vierte Aufzug zeigt den menschlichen Körper in
enger Verbindung mit der Architektur: Medea liegt hinge-
streckt auf den Stufen, die zu ihrer Wohnung führen, Gora
steht vor ihr. Durch das wiederholte „Kinder! Kinder! Oh
meine Kinder!" erinnert sie an Niobes Tragik (vgl. O. Lud-
wigs Makkabäer), die verstärkt wird in der großen Gruppe,
in der auf der einen Seite der König und Jason, auf der
andern Medea steht: Spiel und Gegenspiel im Kampf um
das, was beide verbinden sollte, um die Kinder. — Die
Gruppenwirkung als Aktschluß zeigt sich am Ende des
zweiten Aufzuges nach Medeens Drohung und Abgang,
wenn sich Kreusa ängstlich an den Vater schmiegt und beide
ihr regungslos nachschauen. Den Höhepunkt erlangt die
Gruppenwirkung zum Schluß des dritten Aufzuges: Gora gebeugt über die am Boden liegende Medea, deren letztes
Wort das zum sechsten Mal wiederholte „Meine Kinder!"
ist, und zum Schluß des vierten Aufzuges, wenn Gora in der
Mitte des Theaters auf die Knie gestürzt ist, und Medea,
den Dolch in der Hand, wie eine Rachegöttin auf den

Stufen des Säulenganges erscheint, „mit hocherhobener Hand
Stillschweigen gebietend." Endlich der Schluß des fünften
Aufzuges, wenn Jason, vor Medea niedegesunken, noch ein-
mal, wie einst am Schluß des dritten Aufzuges, nach seinen
Kindern ruft, während sie hocherhobenen Hauptes ihm das
„Büße!" entgegenschleudert.

Außer den obenerwähnten Ba. sind einige wenige innerhalb des Textes wichtig. Der vierte Aufzug hat im Abend-
dämmern begonnen und geht nun, nachdem die Kinder sich
schlafen gelegt haben, allmählich in Nacht über zu Beginn
des großen Medeenmonologs: „Schlaf nur! Was gäb ich,
könnt' ich schlafen so wie du. (Der Knabe legt sich und
schläft. Medea setzt sich gegenüber auf eine Ruhebank. Es
ist nach und nach finster geworden) Die Nacht bricht ein,
die Sterne steigen auf, Mit mildem sanftem Licht herunter-
scheinend." Hier zeigt sich eine Verbindung von direkter
und indirekter Ba. s o, daß die indirekte „Die Sterne steigen
auf . . ." die direkte (es ist nach und nach finster geworden) ausführend ergänzt.

Des Meeres und der Liebe Wellen.

Wellen — unruhige Bewegung und doch etwas Har-
monisches darin, ein Auf- und Abschwellen. Meer und Liebe
hier in engster Verbindung, als letzter Ausdruck von Gr.s
Beschäftigung mit dem klassizistischen Drama. Hatten die
„Sappho" und das „Vließ" das Meer nur als dekorative
Wirkung, so weicht hier die dekorative Wirkung einem
höheren Gesetz. Das Meer wird gleichsam handelnde Person; von seinem Charakter, seiner Wesensart, seinen Launen
ist die Liebe Heros und Leanders abhängig. Es ist der
Vertraute der Liebenden, der Bote ihrer Liebesgrüße, ja
es trägt auf seinen Wellen den Geliebten hinüber von Festland zu Festland, in die Arme der sehnsüchtig Harrenden,
und entscheidet über Leben und Tod B e i d e r, wenn es
den E i n e n nicht mehr lebend an's Land bringt. Da der
Geliebte täglich kommt, das „ruhelose" Meer aber nicht
immer die gleiche heitere Laune zeigt, so läßt es uns ängst-

lich harrend vor dem Tage bangen, wo es sich in seiner furchtbaren Gewalt zeigen wird und damit dem hehren Glück der Liebenden das tragische Ende bereitet.

Ich hatte schon bei der „Sappho" gesprochen vom Meer als dem Lebenselement des Griechen. Ich muß hier das Gesagte dahin erweitern: es hat seit Homer kein Dichter, und vor und nach Grillparzer kein Bühnendramatiker verstanden, vom ersten bis zum letzten Akt das Meer so innig mit der Handlung zu verflechten, wie es Gr. hier tut. Ihm gleich kommt, wenn auch auf einem anderen Gebiet der Kunst, Richard Wagner mit dem letzten Akt des „Tristan". Auch da das Meer als Träger der Botschaft, als Träger des geliebten Wesens, das über Tod und Leben des andern entscheiden soll. Bei Wagner ist die Frage, o b das geliebte Wesen kommt, bei Gr., w i e es kommt. Gr. liebt mehr und mehr das Wasser in der Scenerie, nachdem er sich in der „Sappho" von seiner wunderbaren Perspektive überzeugt hatte; eine s e e l i s c h e, menschliche Note verleiht er ihm einzig hier und findet gerade darin die wunderbar tragische Verwicklung.

Am 3. April 1831 wurde „Hero und Leander", wie Laube das Stück lieber betitelt wissen will, zum ersten Male im Wiener Burgtheater aufgeführt. Die ersten drei Aufzüge fanden ungeteilten Beifall, der vierte und fünfte dagegen fielen ab. Nach einigen Vorstellungen verschwindet das Stück vom Repertoire und wird erst 20 Jahre später (1851) wieder aufgenommen. Den Grund für diese Mißgunst des Publikums sucht Laube mit Recht im v i e r t e n Aufzug. Ihm fehlt das Wichtigste im Drama, die Handlung; er steht und fällt mit der Darstellerin der Hero. Sie muß eine Künstlerin in ihrem Fach sein, die den entzückenden weiblichen Charme, all die reizvollen kleinen Züge der Frauenpsyche, zu einem fesselnden Mosaikbild zu einen imstande ist. Der vierte Akt stellt eine breit ausgemalte Studie zur Psychologie des Weibes dar, mit einem kräftigen Schuß von Grazie und Sinnlichkeit der echten Wienerin. Ich habe oft genug Gelegenheit gehabt, mich über den Mangel an Verständnis für diese bezaubernd naive, allmählich zum Weibe reifende Frauengestalt Gr.s zu wundern, wenn man diese Rolle mit einer ersten Heldin, wie es fast immer geschieht, besetzte, statt mit einer für das Heldinnenfach nicht unbegabten ersten Liebhaberin, die vor allem imstande ist, während des g a n z e n v i e r t e n Aufzuges dem Zuschauer ihre Liebessehnsucht, das Gefühl innerer Unruhe, menschlich fesselnd zu interpretieren. Ueber die Klippen, die gerade diese Rolle für die Darstellung sonst noch bietet, hat Heinrich Laube in seinem Nachwort erschöpfend gehandelt, sodaß ich hier gleich auf scenische Einzelheiten eingehen darf.

Der erste Aufzug zeigt die Mittelwirkung in der Architektur. Das Auge des Zuschauers fällt auf das z. T. sichtbare Peristyl des Tempels der Aphrodite; in der M i t t e des Hintergrundes der Eingang zum Tempel selbst, zu dem die dekorativ so wirksamen Stufen emporführen, während der Vordergrund durch die Statuen Amors und Hymens belebt wird. Ueber diese abgeklärte, echt griechische Scenerie mit ihren ruhigen Linien breitet sich das frische Licht der aufgehenden Sonne, sodaß wir in der Architektur wieder die plastische Wirkung von Licht und Schatten haben, die ein so schönes Bühnenbild hervorruft. Im Gegensatz zu dieser betonten a r c h i t e k t o n i s c h e n Wirkung steht im zweiten Aufzug eine ausgesprochene landschaftliche. Gr. führt uns in den umgebenden Tempelhain, der mit seinem dichten, schattigen Laubwerk nur die über dem Meer, das mit Vorteil im Hintergrunde angenommen, aber nicht sichtbar wird, lastende Sonnenglut (Leander verlangt zu trinken) ahnen läßt. (Priester zweiter Aufzug zu Naukleros: „Denn wenn die Sonn' auf ihres Wandels Zinne, Mit durst'gen Zügen auf die Schatten trinkt, dann . . .")

Es liegt ein geheimnisvoller Zauber über diesem Bühnenbild, ähnlich dem, wie wenn wir etwa an einem heißen Sommertag in einen schönen Hochwald kommen. — Es ist von Gr. mit Absicht gewählt, um diesem so reizvollen Aufzug in seiner intimen Wirkung einen ganz besonders geeigneten Rahmen zu geben. Die Ruhebank, die er, um die Scene wirksam zu beleben, und auch aus praktischen Gründen vorschreibt, mag eine marmorne Exedra sein, sodaß wir also auch hier ein skulpturelles, plastisches Mo-

ment nicht zu entbehren brauchen. Der entscheidende dritte
Aufzug, der die Wendung zum Tragischen in der Handlung bringt, zeigt auch rein scenisch ein düsteres Bild, Heros
einsames Turmgemach, das nur von dem Licht ihrer Lampe
mäßig erhellt wird. Ein hohes Fenster gestattet Hero den
Ausblick auf das nächtliche Meer. In der Anordnung der
Türen ist Gr. ein kleiner logischer Fehler untergelaufen,
wenn er die schmale Tür des Haupteinganges, also des
allgemeinen Auftritts, ebenso wie das Fenster, im H i n t e r -
g r u n d annimmt. Da der Turm (4. Aufzug) eckig oder
rund, ziemlich frei steht, so kann nicht an derselben Seite,
wie das Fenster, sich auch eine Tür befinden, die, wie
die Handlung verlangt, auf einen Gang vor dem Turmgemach führen soll. Die Türen werden also besser einander gegenüberliegend, rechts und links seitlich, angenommen, da das Fenster ja, um Leanders Erscheinen dem
Publikum s o f o r t sichtbar zu machen, im Hintergrund und
möglichst in der Mitte bleiben muß. Die Einrichtung, be-
stehend aus Tisch und Stuhl, erhöht in ihrer Einfachheit
die unheimliche Wirkung des Turmgemachs und macht so
die Sehnsucht Heros nach einem geliebten Wesen, das ihre
Einsamkeit und Verlassenheit teilt, aus ihrer Umgebung
heraus begreiflich. Wenn der Vorhang sich hebt, ist die
Bühne zunächst dunkel, und erst der eintretende Diener
bringt mit seiner Lampe Licht und damit Leben in das
Bühnenbild. Dieser Lichteffekt erhöht durch seine Kontrastwirkung die düstere Gesamtstimmung.

Wie in der „Medea" (III), wo Gr. erst das Zelt des
Aietes von außen, dann von innen zeigt, läßt er hier im
vierten Aufzug umgekehrt den Turm von außen sehen,
nachdem er uns im dritten Aufzug in sein Inneres geführt hatte. Er verbindet Architektur und Landschaft, indem
er dem Turm zur Kontrastwirkung das Meer als Hintergrund,
Röhricht (Gr. sagt nicht ganz logisch „hochgewachsene
Sträucher"), und die gefälligeren Linien der Schwibbogen
und Säulen entgegensetzt. Die steinerne Ruhebank darf auch
hier nicht fehlen. Dann führt uns Gr. in der zweiten Scene
dieses Aufzuges auf das andere Ufer der die Liebenden
trennenden Meerenge und zeigt Leanders anspruchslose

Hütte, wobei die Votivtafel am Baum der Fantasie Anregung gibt, an einen Schiffbrüchigen zu denken, der im
Augenblick höchster Not Poseidon die Tafel widmete, und
so hinweist auf die Gefahren des Meeres. Gr. führt uns
also die Stimmung der beiden Liebenden nach der verhängnisvollen Nacht s c e n i s c h aufeinanderfolgend, z e i t l i c h
gleichgedacht, vor, und läßt uns dann auf die asiatische
Seite nach Sestos zurückkehren. Diese Verwandlung muß
damals notwendig den vierten Aufzug noch besonders zer-
rissen haben, ist aber heute mit Hilfe der Drehbühne ohne
Schaden für die Gesamtwirkung des Aufzugs leicht aus-
führbar. — Die Beleuchtung ist gegen Ende des Aufzugs
allmählich in Abenddämmerung übergegangen, wie aus der
indirekten Ba. hervorgeht: H.: „Wie schön du brennst oh
Lampe meiner Freundin! Noch ist's nicht Nacht, und doch
geht . . ."
Der fünfte Aufzug endlich zeigt dieselbe Scenerie, nur
liegt dazwischen eine furchtbare verhängnisvolle Sturmnacht.
Es ist Morgen, sodaß also die Handlung wiederum vom
Morgen des einen bis zum Morgen des folgenden Tages
läuft. Das gibt scenisch den schönen Gegensatz: Während
der Tag zu neuem Leben erwacht, auf die Sturmesnacht ein
strahlender Sonnenmorgen folgt, ist Leander aus dem Leben
geschieden und damit in Heros Seele jede Lebensbedingung
erloschen. — Die folgende Verwandlung führt uns in's Innere
des Tempels, den wir in I. nur von außen gesehen hatten.
Sie vereint die Wirkung der Architektur und des Stoffes
(vgl. Medea III) durch den Gegensatz der Säulen zu dem
die Cella verhüllenden Vorhang äußerst glücklich. Im Vordergrunde nur die Bildsäule Amors, noch geschmückt vom
Tage vorher, nicht aber Hymens. Das Licht mag gedämpft
einfallen und durch die Rauchwolken, die von den Opfer-
gefäßen aufsteigen, leicht verschleiert sein. Ob Gr. hier
an den letzten Aufzug der „Braut von Messina" gedacht
hat, ist nicht sicher, aber wahrscheinlich.
Wie alle klassizistischen Dramen Gr.s weist auch dieses
die geringe Anzahl der Hauptpersonen auf.
Hatte Gr. schon scenisch sein Drama sehr reich und
künstlerisch ausgestattet, so komponiert er auch die Per-

sonen in wunderbarer Wirkung in dieses Milieu. Die Mittelwirkung zeigt zunächst die Ba. zum ersten Aufzug: Hero
(ein Blumenkörbchen im Arm, aus dem Tempel tretend
und langsam die Stufen herabsteigend); ebenso die Ba. am
Schluß desselben Aufzuges: (In der Mitte der Bühne ange-
langt, sieht Hero mit einem langen Blick auf die beiden
Jünglinge). Ferner zeigt die Ba. zu Ende des vierten Aufzugs die Mittelwirkung am Aktschluß. Der Priester kehrt
zurück, tritt zur schlafenden Hero und wendet sich dann
zu den Göttern, um mit erhobenen Händen Beistand zu
seinem teuflischen Werk zu erbitten. Die Ba. zu Beginn
des fünften Aufzuges zeigt wiederum die Mittelwirkung:
Hero in der Mitte der Bühne starr vor sich hinsehend in
sinnender Stellung. Mittelwirkung und Wirkung des menschlichen Körpers im Verein mit der Architektur, wie wir's
schon in der Medea gesehen hatten, zeigt die Verwandlung
des fünften Aufzuges. Im Hintergrund die Cella, zu der
breite Stufen emporführen, Leander auf einem niederen Trag-
bett, Hero ausgestreckt auf den Stufen liegend. Endlich ist
die Gruppenwirkung am Ende des fünften Aufzugs sehr wirkungsvoll. Janthe nimmt Abschied vom Tempel, tritt dann
zu der Bildsäule Amors mit der inhaltschweren Frage: „Ver-
sprichst du viel und hältst du also Wort?" und während die
leblose Verkörperung des kleinen Liebesgottes und die
lebensvolle Janthe sich gegenüberstehen, fällt der Vorhang.

Die K l i m a x , die wir zuerst in der „Ahnfrau" gesehen haben, wird hier, ebenfalls in der Form des Berichts
(vgl. Janthe und Günther) im fünften Aufzug äußerst bühnen-
wirksam angewendet: „Das Ende eines Tuchs! Es ist so
schwer. Ein Lastendes von rückwärts Hält es am Boden
fest. — Fürwahr ein Schleier! Fast gleicht er jenen, die
du selber trägst; Zu Schleifen eingebunden bei den Enden,
Nach Wimpelart." Und gleich darauf Hero: „Ein Mann!
— Leander!" Schon vorher im dritten Aufzug, als Leander
an Heros Turmfenster erscheint: „Ein Haupt! — Zwei Arme!
— Ha, ein Mann im Fenster! Er hebt sich, kommt! Schon
kniet er in der Brüstung", wobei sich deutlich Anklänge
an Schillers „Taucher" zeigen.

Die Pause als Ausdrucksmittel der psychologischen Darstellung schreibt Gr. nicht mehr wie einst in „Ahnfrau" und „Sappho" vor, und auch die direkten Ba. treten mehrfach hinter die indirekten zurück, so z. B.:

Erster Aufzug. H.: „Nun, soweit wärs gethan! Geschmückt der Tempel; Mit Myrt' und Rosen ist er rings bestreut" — Bald darauf: „Wie liegt nur das Geräte rings am Boden? Der Sprengkrug und der Wedel, Bast und Binden."

Später: Vater: „Und das — die böse Brust!" —

Gleich darauf: „Auch sie! ob kränkelnd schon und schwach . . ."

Ein seit der „Sappho" nicht mehr angewandtes musikalisches Moment kommt im ersten Aufzug als Flötenmusik wieder zum Vorschein. — Ferner noch als Beispiel für die indirekte Ba.:

Zweiter Aufzug: „Horch! Tönt das Zeichen nicht? Wir müssen fort." Dritter Aufzug: Hero sagt vom Turmgemach: „Beseh ich mir den Ort? Wie weit? — Wie leer!" Dann zu Leander: „Dein Haar ist naß und naß ist dein Gewand. Du zitterst auch."

Die direkten Ba. häufen sich gegen Ende des fünften Aufzuges, sind aber sonst wesentlich spärlicher als etwa in „Ahnfrau" und „Sappho". Das liegt wohl daran, daß Gr. gesehen hatte, mit welchem Verständnis die Schauspieler den Intentionen des Dramatikers folgten, auch ohne daß er jeden mimischen Ausdruck, jede gewünschte Geste besonders vorschrieb.

König Ottokars Glück und Ende

oder wie der erste Titel auf dem Manuskript Gr.s lautet: „Eines Gewaltigen Glück und Ende", führt uns, die heitere Sonne Griechenlands, die von der „Sappho" bis zur „Hero" das Bühnenbild in ihre reichen Farben tauchte, verlassend, auf den heimatlichen Boden des Dichters. Hatte schon die „Medea" gezeigt, daß Schillers „Wallenstein" Gr. zum Behandeln eines großen Stoffes reizte, so war hier der Stoff selbst insofern anregend, als Gr. endlich eine historische Persönlichkeit und vaterländische Motive in den Mittelpunkt stellen wollte, von denen er, sicher sein konnte, daß sie eben wegen ihres historisch-nationalen Gewandes das Publikum mehr zum Mitgehen veranlassen würden, als der dem wienerischen Theatergeist so fernliegende Mythenstoff der „Medea". Am 19. Februar 1825 zum ersten Male aufgeführt, hatte das Manuskript schon 2 Jahre vorher der Zensur zur Begutachtung vorgelegen. Laube, in seinem Nachwort, berichtet über den Zufall, der es wieder ans Tageslicht und in die Hände der Kaiserin brachte, die ihrerseits wieder des Kaisers Aufmerksamkeit darauf lenkt. Trotz dieser Allerhöchsten Empfehlung brachte die Regierung merkwürdiger Weise dem Stück große Antipathie entgegen, die Aufführungen fanden nur spärlich statt, bis sie 1839, wenn auch nicht verboten, wie man erst beabsichtigte, so doch stillschweigend unterdrückt wurden. Erst 17 Jahre später findet sich der „König Ottokar" wieder im Repertoir und behält jetzt 11 Jahre (1856—67) seine beherrschende Stellung umsomehr, als durch die stark durchdachte Darstellung Joseph Wagners die psychologische Entwicklung des zweiten Teils wesentlich stärker hervortrat, als bei Ludwig Löwe, der die Rolle mit viel Temperament creiert hatte, aber den gegen das Ende hin immer größeren Aufgaben einer psychologischen Darstellung nicht gewachsen war. Ottokar hat Züge von Wallenstein, Napoleon und Hamlet, denen Löwes draufgängerisches „Heldentum" zwar im äußerlich starken ersten Aufzug große Wirkung verlieh, aber im weiteren Verlauf der Handlung kein eigenes Leben zu geben vermochte. Schon der erste Aufzug zeigt ein dramatisch bewegtes Leben, eine Behandlung der Massen, eine so souveräne Beherrschung des Stils, wie ihn ein historisches Schauspiel verlangt, daß wir geradezu verblüfft sind von dem ungeheuren Schritt vorwärts, den Gr. hier in scenischer und dramatischer Beziehung gemacht hat. Gr.s Bühnenarbeit teilt sich in drei Epochen: Die erste, die mit der „Ahnfrau" als Auftakt, die griechischen Dramen umfaßt und deren Vollendung unbedingt die „Sappho" darstellt, so daß also gleich das erste Stück der klassizistischen Periode das vollendetste ist; die

zweite, historische Epoche, die als erstes Stück den „Ottokar"
bringt und auch damit wiederum den großen Wurf zeigt, und
endlich die dritte Epoche, die den Rest seiner Dramen
umfaßt.

Hätten wir nur den ersten Aufzug des „Ottokar" als
Fragment erhalten, wir würden Gr. unweigerlich als Bühnendramatiker auf die gleiche Stufe mit Schiller (Demetrius)
stellen. Der weitere Ausbau der Handlung fällt gegen diesen
gewaltigen Auftakt rein äußerlich ab, gibt aber für eine
verinnerlichte, geistvolle Darstellung umsomehr her. Dieser
erste Aufzug wäre wunderbar als l e t z t e r zu denken eines
Dramas, das etwa Ottokars Emporkommen, sein spekula-
tives Werben um Margarethen zum Gegenstand hätte und ihn
endlich auf der Höhe seines Glücks zeigte. Sicher liegt
bei diesem gewaltigen Stoff der Gedanke an eine Trilogie
näher und wäre auch fruchtbarer als es der Medeenstoff je
sein konnte. Als Ausgangspunkt für den ersten Teil der
Trilogie hätte Ottokars Ausspruch: „Ich gehe meinen Gang,
was hindert, fällt", eine weite Perspektive eröffnet und doch
schon den Keim zum tragischen zweiten Teil in sich getragen.
Ein gewaltigerer Dramenschluß hätte nicht gedacht werden
können, als das in brausendem Canon tönende: „Es lebe
Ottokar! Von Böhmen König! Herzog von Oesterreich!
Steier! Kärnten! Krain! Der Deutschen Kaiser! Lebe Ottokar!" Die folgenden Aufzüge zeigen einen größeren Scenen-
reichtum als in den klassizistischen Dramen, der ja im allgemeinen störend wirkt, hier aber, ähnlich wie bei Shakespeare, die Handlung äußerlich reich gestaltet. Aber dies
ist nicht die einzige und wesentliche Aehnlichkeit, die
„Ottokars Glück und Ende" mit den Werken des großen
Briten aufweist, vielmehr drängen sich verschiedentlich hand-
greifliche Parallelen auf. War Ottokar in seinem sieghaften
strahlenden Heldentum des ersten Aufzuges ein Vorläufer
von Wildenbruchs „König Heinrich", so geht er später
immer mehr in ein Charakterbild über, das Züge von Shakespeares „Richard III." hat. Gewissensbisse plagen ihn, sein
Kriegsglück hat sich gewendet, sein Siegesvertrauen ist
zweifelnder Unentschlossenheit gewichen. Des alten Meerenberg Geist plagt ihn und fordert Rache durch des jungen

Meerenberg Mund: „Ottokar, wo hast du meinen Vater?"
Ihm gegenüber steht die Richmond-Gestalt Rudolfs, schlicht,
kernig, voller Gottvertrauen, kämpfend für die gute Sache.
Der durch seinen Kummer kindisch gewordene Vater, Be-
nesch, trägt Züge des durch sein Leid Ehrfurcht gebietenden
Lear, seine in ihrer reinen Liebe getäuschte Tochter äußert
ihren spielerischen Wahnsinn, eine zweite Ophelia, und wenn
Rudolf (Ende V) mit Ehrfurcht von seinem Feinde spricht:
„So liegst du nackt und schmucklos, großer König, Das
Haupt gelegt in deines Dieners Schoß: Und ist von deinem
Prunk und Reichtum allen nicht eine arme Decke dir geblieben Als Leichentuch zu hüllen deinen Leib", so denken
wir an den um Caesar klagenden Antonius: „Oh großer
Caesar, liegst du so im Staube, Sind alle deine Siege, Herr-
lichkeiten dahin . . . ." Die ganze Handlung ist reich an
hochdramatischen Momenten, reich an Persönlichkeiten, die
geeignet sind, dem Gerippe der Handlung Fleisch und Blut
zu geben; so der mit dröhnendem Lachen auftretende Zawisch, eine in ihrer Kraft und Selbstsicherheit prachtvoll
gezeichnete Kontrastfigur zu dem äußerlich immer unnah-
barer werdenden, innerlich zerfallenen Ottokar. Er trägt
schon Züge vom derben Kattwald. Wunderbar plastisch ist
auch die Gegenüberstellung: Zawisch-Königin auf der einen,
und der vor den Toren seiner Stadt sitzende gebrochene
König auf der anderen Seite. Eine nicht minder wirksame
Scene ist es auch, wenn der König, in seinen Mantel ge-
hüllt, ungesehen das Gespräch seines Kanzlers und des
Herolds mitanhört. Endlich ergreifend menschlich und darum
mit dem Charakterbild Ottokars aussöhnend: Der Böhmen-
könig an der Bahre Margarethens und die endliche Vereinigung beider im Tode. Es liegt etwas von dem zarten
Hauch des Schlußaktes von „Romeo und Julia" darüber.
— Doch gehen wir der Reihe nach die Momente durch, die
sich hier vereinen, um dem historischen Stück eine so große
Bühnenwirksamkeit zu sichern.

Das Personenverzeichnis weist im Gegensatz zu den
klassizistischen Dramen eine große Anzahl Agierender auf,
die jedoch das ganze Stück hindurch wirksam kontrastierend
gruppiert sind.

7

Auf die scenische Geschlossenheit und den spannenden
Aufbau von I. hatte ich schon weiter oben hingewiesen.
Die Ba. des ersten Aufzuges führt uns nach langer Pause .
(Ahnfrau) wieder in ein Schloßgemach, ins Vorzimmer der
Königin, in dem wir den so sympathischen jugendlichen
Helden Seyfried von Meerenberg Wache halten sehen, dessen
warmherzige und begeisterte Art später im Küchenjungen
Léon wesentlich vollendeter wiederkehrt. Eine völlig neue
Technik in der Behandlung des Auftritts (vgl. später Katt-
wald) zeigt Zawisch: Zunächst kein Wort, keine Geste,
sondern ein dröhnendes Lachen, mit dem er sofort die ganze
Situation auf der Bühne an sich reißt. Eine Anweisung über
die Tageszeit und Beleuchtung dieser ersten Scene findet
sich nicht, jedoch ergibt der Umstand, daß Habsburg bei
der Königin weilt, und sich die Handlung der nächsten
Scene am selben Tage abspielt, als Zeit der Handlung etwa
den späteren Vormittag. Die folgende Verwandlung zeigt
den Thronsaal mit gotischem Bogen und Säulen, die einem
solchen Raum ja ein besonders feierliches Gepräge geben.
Sofort beim Aufgehen des Vorhangs, oder, wenn wir mehr
Wirkung erzielen wollen, schon vor dem Aufziehen desselben, ertönt „kriegerische Musik", Trompetensignale und
das Jubeln des Volkes von außen, das in dem „Hoch lebe
Ottokar" auf der Bühne sein Echo findet. Die erwartungsvolle
Spannung, die auf der Versammlung liegt, überträgt sich
auch auf das Publikum und konzentriert das allgemeine
Interesse auf den Auftritt des Königs (Parallele: Sapphos
Auftritt), der, zunächst ganz Siegernatur, kraftvoll und strahlend die Handlung beherrscht. Dem spielerischen Ton der
ersten Scene des zweiten Aufzugs ist auch das Bühnenbild angepaßt. Nicht die hochstrebende, feierliche Gotik
dient als Folie, sondern die Ba. verlangt einen offenen
Gartensaal, mit einem Durchblick in den nach hinten terassen-
förmig abfallenden Garten, eine Vorschrift, die auf der modernen Bühne sehr leicht zu befolgen ist und namentlich von
den Rängen aus ein wunderbares Bild gibt. Und damit auch
das architektonische Moment nicht fehle, schreibt Gr. ein
Geländer aus graziös wirkendem Marmor und Bildsäulen
vor. Die Beleuchtung ist die eines Spätnachmittags, wie

Ottokars Befehl gegen Ende des I. Aufzuges: „Bringt Lichter, es wird dunkel. Fackeln her" zeigt. In dieses reizvolle Milieu tönt wie in I zunächst Zawischs dröhnendes Lachen, noch bevor man ihn sieht. Und die Ursache davon erfahren wir in seinen ersten Worten: „Ich bin verliebt! Oh weh, mein Herz ist fort! usw."; ein Kontrast, der Gr.s große Befähigung für wirklichen Humor, wie er sie in „Weh dem, der lügt", so reizvoll dokumentiert, wieder durchblicken läßt. Hatte der erste Aufzug mit einem Fortissimo des Jubels, mit stark dramatischen Accenten geschlossen, so sind es zarte lyrische Töne, die hier das Finale des zweiten Aufzuges bilden: Zawisch-Rosenberg, der gewaltige Ritter und Frauenheld, zeigt sich, unsichtbar nach Art des echten Troubadour, als zarter Minnesänger. Mit einem Kontrast, hervorgerufen durch ihn, hat der Aufzug begonnen, mit einem Kontrast läßt Gr. ihn enden. Und wenn die Königin die Frage ihrer Kammerfrau, ob sie ihn gehen heißen soll, mit dem leichten: „Laß ihn nur, Es hört sich gut zu in der Abendkühle" beantwortet, dann meinen wir, aus den Tiefen des im Abendschatten liegenden Gartens das leise Kichern eines Fauns zu hören — — —

In das Schloß des alten Meerenberg, dieser kernehrlichen Götzfigur, führt der dritte Aufzug. Es ist früh am Morgen wie die indirekte Ba. zeigt: „Die Sonne steigt empor: „Hab Dank oh Gott, Des Greisen Dank für diesen neuen Tag!" Die folgende Verwandlung führt uns ins böhmische Lager. Das Zelt des Königs, davor ein Tisch mit einem Aufriß der Gegend, beherrschen den Vordergrund. Als Parallele der Vorgänge und Stimmungen dort führt uns Gr. in der nächsten Verwandlung in's Lager der Kaiserlichen: auch da ein Zelt im Hintergrunde, erhöht stehend und, das wird besonders betont, kostbar ausgestattet. Und in diesem kostbaren Zelt sitzt Kaiser Rudolf in einfachem Unterkleid, am einfachen Feldtisch, und wie etwa ein Landmann im Hemdärmeln seine Sense dengelt, so klopft er die Beulen in seinem Helm wieder zurecht, so ganz Krieger, ganz Mensch; und als Leute kommen, da zieht er den Rock an, nicht etwa seinetwegen, sondern weil er weiß, was er dem Reiche schuldig ist. Das ist ein köstliches Augenblicks-

bild, was Gr. mit entzückender Natürlichkeit festhält und
das in seinen großen Gegensätzen dramatisch so wirksam
ist. Daß er aber andererseits weiß, was das Reich von
seinem Kaiser fordert, zeigt dann die große Scene, mit der
das ganze Stück steht und fällt; Ottokar und Rudolf einander
gegenüber, nicht mehr Krieger und Krieger, nicht mehr
Waffengefährten, sondern Kaiser und Reich auf der einen,
Feind und Lehnsmann auf der andern Seite. Damit ändert sich
auch der Ton Rudolfs gegenüber Ottokar. Die nun folgende
Scene der Belehnung ist bühnentechnisch von so einschneidender Bedeutung, daß wir hier ausführlich darauf eingehen
müssen. A. v. Weilen in seiner Geschichte der Wiener
Theater hatte schon darauf hingewiesen, daß die Scene
offenbar unter dem Einfluß einer gleichen aus dem Drama
Lucius Papirius des 1718 nach Wien berufenen Apostolo
Zeno (geb. Venedig 1668, gest. 11. November 1750 in Wien)
geschrieben ist. Der Inhalt des 1719 verfaßten Dramas ist
kurz der: Lucius Papirius widerstrebt den Bitten seiner
Tochter Papiria für ihren Gatten Fabius um Verzeihung
für dessen eigenmächtiges Handeln. Dennoch gewährt er
schließlich dem Schwiegersohn eine Unterredung in seinem
Zelt. Fabius bittet um Begnadigung bei der Liebe seines
Schwiegervaters zur Tochter und fällt ihm endlich zu Füßen,
um Gnade flehend. Die Flügel des Zeltes fallen und das
ganze Heer sieht die Demütigung. Bei der in Hofkreisen
damaliger Zeit herrschenden Stellung, die Zeno 100 Jahre
vor Gr.s Bühnenarbeit einnahm, dürfte es unzweifelhaft sein,
daß Gr. sich mit ihm beschäftigt, und diese Scene auf sein
für Bühnenwirkung besonders empfängliches Gemüt außer-
ordentlich gewirkt hat. Hinzu kommt ferner, daß sich Gr.
von der rein scenischen Wirksamkeit eines solchen Zelts
(wobei die alte griechische σκηνή = Zelt und Scene
in unserm Sinne sich hier in merkwürdiger Weise decken),
schon bei der Medea-Aufführung überzeugt hatte. So lag
also der Gedanke, dieselbe Technik wie Zeno zu verwenden,
in doppelter Hinsicht nahe und kann, was die Bühnenwirksamkeit anlangt, als äußerst glücklich bezeichnet werden;
aber in bühnentechnischer Hinsicht bietet die Ba. in der
Weise, wie Gr. sie vorschreibt, Schwierigkeiten mannig-

facher Art. Die große Frage mußte sein, wie es einzurichten sei, daß die Zeltbahnen fallen, wenn Zawisch die Schnüre durchhaut. Schon am Tage nach der Erstaufführung wurden Zweifel an der praktischen Ausführbarkeit dieser Ba. laut, und wenn wir von der Bühne heute mehr noch als früher Natürlichkeit und Wahrscheinlichkeit verlangen, so müssen wir zugeben, daß Gr.s Ba. in dieser Form unausführbar ist. Die Prinzipien der Inscenierung decken sich hier mit denen der skulpturellen Darstellung: Der Bildhauer muß, will er diese Scene darstellen, einerseits sie dem Beschauer verdeutlichen, andererseits aber auch dem Heere den ungehinderten Anblick des vor Rudolf knieenden Ottokar gewähren. Dasselbe Prinzip muß natürlich auch der Regisseur verfolgen, der ebenfalls mit einer dreidimensionalen Darstellungsart rechnet. Die Art, wie auf dem Relief des Wiener Grillparzer-Denkmals diese Frage gelöst ist, scheint mir äußerst glücklich zu sein: Das Kaiserzelt ist gleich von vornherein nach dem Beschauer zu offen gedacht, nach hinten dagegen zunächst geschlossen. Will nun Zawisch dem Heere Ottokars Kniefall zeigen, so hebt er im geeigneten Augenblick die hintere Zeltbahn hoch und läßt das im Hintergrunde versammelte Heer Zeuge der Vorgänge sein. So hat der Bildhauer meinem Empfinden nach diese Frage äußerst glücklich künstlerisch gelöst. Tatsächlich treten auf dem Relief im Vordergrunde Rudolf stehend, Ottokar vor ihm knieend, weiter nach hinten der mit der Linken die Zeltbahn hebende Zawisch besonders hervor, während das Heer im Hintergrunde nur angedeutet ist. Die Technik, die Frage künstlerisch zu lösen, ist hier so glücklich, daß sie am besten für die Inscenierung übernommen wird, denn die Zeltbahnen auf einen Schwerthieb Zawischs ringsherum gleichzeitig fallen zu lassen, ist technisch schwierig und vor allem sehr unwahrscheinlich. Nimmt man an, daß auf der Bühne das Zelt von vornherein zum Publikum hin offen ist, und einen rechteckigen Grundriß hat, so kann man das Durchhauen der Zeltschnüre mit dem Schwert beibehalten, muß dann aber die hintere Zeltbahn fallen lassen. Jedenfalls ist gerade dieser Moment, wenn er bühnentechnisch glücklich gelöst wird, von größter dramatischer Wirkung.

Die Scenerie des vierten Aufzugs zeigt ein rein romantisch gefärbtes Bild an der Burgmauer von Prag; die Mitte
des Hintergrundes schließt ein großes Tor mit Fallgatter;
ein kleines Ausfallpförtchen, wie es sich in jeder Stadtmauer
findet, verstärkt den geheimnisvollen Eindruck, den das
historische Gemäuer macht, während die Pförtnerwohnung,
mehr rechts vorn, ein friedlich bürgerliches Gegenstück dazu bildet, dem das vorgeschriebene Blumenbeet eine freund-
lichere Note verleiht.

Der fünfte Aufzug endlich verstärkt den romantischen
Einschlag in der Scenerie, indem die erste Scene den Kirch-
hof von Götzendorf zeigt. Jedoch schwächt Gr. den düsteren
Eindruck des Bildes durch die unmittelbare Nähe menschlicher Behausung, der Küsterwohnung, ab. Hier findet sich
auch zum ersten Mal wieder eine direkte Beleuchtungsangabe zu Beginn des Aufzugs. Ein Wachfeuer, das mit seinem
ungewissen Schein die düstere Scenerie beleuchtet und die
Gesichter der lagernden Krieger nur matt erhellt, erhöht die
ahnungsschwere Stimmung, die über dem letzten Aufzug
liegt. Die zweite Scene führt dann in das gotische Zimmer
im Küsterhaus, in dem Königin Margarethe aufgebahrt liegt.
Auch hier wieder ist die geheimnisvolle und feierliche Wirkung künstlerisch verbunden. In der Mitte des Hintergrundes ein hoher gotischer Bogen, den Gr. ja besonders
liebt. Der dunkle Vorhang davor erweckt beim Zuschauer
die bange Frage, welches Geheimnis sich hinter seinen
Falten birgt, und als er sich von Ottokars Hand teilt, da
zeigt er ein ganz anderes Bild, als er es erwartet hatte. —
Das Bühnenbild deckt sich mit Ausnahme der Architektur
völlig mit dem letzten Aufzug von „Hero und Leander."
Die dritte Verwandlung endlich führt wieder zurück zum
Bühnenbild wie zu Anfang des Aufzugs. Bemerkt sei, daß hier
wegen des inneren Zusammenhangs der drei Bilder die
Verwandlung mittels Dreh- oder Schiebebühne geradezu notwendig ist. Die vierte Verwandlung zeigt bei hellem Tageslicht das Marchfeld, „die Sonne steigt aus Nebeln herrlich
auf". Sie zeigt die Seite der Kaiserlichen, und in der letzten,
fünften Verwandlung endlich die Seite der Böhmen; der
Vordergrund ist belebt durch einen in die Bühne hineinge-

streckten Hügel und einen Baum. Der Gegensatz von Scenerie und Handlung, die heitere sonnige Landschaft und das tragische Ende Ottokars, war schon in der „Sappho" als wirkungsvolles Ausdrucksmittel angewandt.

Auf die Gruppenwirkung im Bühnenbild hatte ich schon einleitend hingewiesen, indem ich die Hauptmomente dramatischer Gegenüberstellung vorwegnahm. Sie steht nicht so sehr unter skulpturellem Eindruck, wie in der klassizistischen Dramen, wirkt aber nicht minder durch den rein menschlichen Gegensatz und gibt dem Bühnenbild einen ganz eigenen Reiz. So Bertha knieend vor Seyfrid Meerenberg. Auf die großartige Schlußgruppe des ersten Aufzugs mit dem jubelnden Schlußhymnus hatte ich schon anfangs hingewiesen. Sie sei hier erwähnt als eigenartiger tragischer Gegensatz zu der Schlußgruppe des fünften Aufzugs, die in das begeisterte „Habsburg für immer!" ausklingt. Einen mit Humor und glänzender Charakterisierungskunst zusammengestellte Gruppe ist Zawisch knieend vor der Kammerfrau, während er die Königin meint. Es liegt darin eine ebenso köstliche Satire, wie in der Schlußgruppe des zweiten Aufzugs: Die Kammerfrau über die Ballustrade gebeugt, nach dem verborgenen Sänger ausschauend, während die Königin, das Haupt in die Hand gestützt, äußerlich scheinbar ganz ruhig lauscht und die Worte spricht: „Es hört sich gut zu in der Abendkühle." Die wirkungsvollste Gruppe ist natürlich die des dritten Aufzugs, Ottokar knieend vor dem Kaiser, die sich ja auch der Bildhauer zum Vorwurf genommen hat und die wir schon oben eingehend gewürdigt haben. Eine rührende Gruppe weist der Schluß des vierten Aufzugs auf: Ottokar im Schoße seines Kanzlers schlafend, während dieser als Hüter seines Schlafs den Finger Schweigen gebietend auf den Mund legt. Aus dem fünften Aufzug heben sich besonders zwei Gruppen heraus: Ottokar knieend am Sarge Margarethens, das Haupt auf ihr Sterbekissen gelegt, nicht mehr der unbezwingliche, selbstherrliche König, sondern der geprüfte, leidgebeugte Mensch, an der Bahre des Wesens, dessen vornehmster Zug ihre Menschlichkeit war: „Du hast mich oft getröstet, tröste nun. Streck aus die kalte Hand und segne mich." Endlich die

Schlußgruppe: Rudolf inmitten seiner um ihn knieenden Getreuen. Und wie am Schluß des ersten Aufzugs sich der Jubelcanon an Ottokar wandte, so wendet er sich jetzt an Rudolf· „Dem ersten Habsburg Heil in Oesterreich! Heil! Heil! Hoch Oesterreich! Habsburg für immer!"

Auf die Anwendung der P a u s e als psychologisches Moment verzichtet Gr. hier scheinbar ganz. Ich sage absichtlich scheinbar: Der Grund ist ein ganz natürlicher; er hatte eingesehen, daß die besondere Ba. der Pause deshalb überflüssig war, weil der schauspielerische Intellekt von Darsteller und Regisseur diese an der geeigneten Stelle ganz von selbst einschaltete.

Die·Ba. sind wesentlich mehr äußerer Natur als etwa in der „Sappho". Die Verbindung der direkten und indirekten Ba. zeigt sich wiederum an einigen Stellen, so im ersten Aufzug. Marg.: „Ich selbst! (ablehnend zu Meerenberg, der vorgetreten ist) Laßt nur, Herr Meerenberg" eine lediglich indirekte Ba. im zweiten Aufzug. Ott.: „Wer mir ihn lebend bringt ... Sein ganzes Gut sei des Ergreifers Lohn: Ortolf von Windischgrätz, du scheinst bereit," weist darauf hin, daß Ortolf durch eine lebhafte Geste seine Bereitwilligkeit eingestanden hat, ohne daß eine Ba. etwas derartiges vorschreibt. Ebenso zeigt sich eine indirekte Ba. für die Beleuchtung gegen Ende des zweiten Aufzugs: Ott.: „Bringt Lichter, es wird dunkel, Fackeln her!" Und etwas später: „Königin: „Es hört sich gut zu in der Abendkühle." — Meerenberg (III): „Und Kaiser Rudolf — nu den Habsburg mein ich —" zeigt, daß Füllenstein und Windischgrätz eine unwillige Bewegung gemacht haben, ohne daß diese durch eine direkte Ba. vorgeschrieben ist. Daraus erhellt, daß Gr. sich bei größerer Bühnenroutine der überflüssigen Ba. zu enthalten sucht und auch darin zeigt sich ein Fortschritt.

Fassen wir unser Urteil über „Ottokars Glück und Ende" auf Grund des Gesagten zusammen, so können wir nur bedauern, daß es sowohl als·patriotischer Stoff, der ja nicht nur Oesterreichs, sondern auch die Deutsche Geschichte angeht, wie auch als Bühnenwerk überhaupt so selten aufgeführt und von unserer heutigen Bühne so ganz verschwunden ist. Ohne Zweifel ist es ein äußerst bühnen-wirksames Stück von innerem Wert, das einen Platz im Reportoir neben „Richard III" und „Wallenstein" wohl be-haupten könnte.

Bruderzwist In Habsburg.

Der historisch patriotische Stoff des „Ottokar" hatte Gr. zum bühnenmäßigen Ausgestalten gereizt. Die im „Otto-kar" so abgerundete Figur Rudolfs, die in ihrer charakter-vollen Geschlossenheit wirksam mit dem innerlich zerrissenen Ottokar kontrastierte, würde, so glaubte Gr., in ihrer weiteren psychologischen Entwicklung Stoff genug für ein neues Büh-nenwerk bieten. Zunächst drängt sich mir die Tatsache auf, daß der Ottokar- und Rudolfstoff zusammengenommen wiederum eine gute Trilogie ergeben hätten, ja, daß man den ersten Aufzug „Ottokars", die folgenden vier, und die fünf Aufzüge des „Bruderzwists" sehr gut als Trilogie fassen könnte. An-dererseits dürfen wir uns nicht verhehlen, daß, bis auf den verwandlungsreichen vierten Aufzug, der „Bruderzwist" ein schwaches Bühnenstück ist: Es mutet an wie ein in Versen verfaßter historischer Roman, nicht wie ein Drama. Ledig-lich der vierte Aufzug zeigt die dramatische Kraft, wie wir sie vom „Ottokar" her kennen, während die andern Auf-züge einen Rückschritt bedeuten. Als Charakterzeichnungen heben sich Rudolf, Don Caesar, Julius, vor allem aber der glatte Klesel aus der Zahl der übrigen Personen als dra-matische Figuren von Fleisch und Blut heraus. Andererseits läßt sich nicht leugnen, daß die starke Anlehnung an Schillers „Wallenstein", der Wunsch gleichsam die Vorgeschichte zur Wallensteintrilogie zu schaffen, lähmend auf die freie Ge-staltungskraft des für die Bühne schreibenden Dramatikers gewirkt haben. Gewiß ist auch der „Bruderzwist" reich an Ansätzen, die bei anderer Ausgestaltung äußerst wirk-sam hätten sein können; gewiß sind einzelne Bühnenmomente sehr glücklich herausgearbeitet, so vor allem der große Augenblick, wo Rudolf nach innerem Kampfe den Schlüssel zur Zelle Don Caesars in den Brunnen wirft, dann die Episode mit Julius von Braunschweig, ferner Don Caesar

im Hause Prokops, obwohl wir gerade da das Gefühl, als
spielten Bühnenreminiszenzen an die „Ahnfrau" hinein, nicht
loswerden können. Das schwerwiegendste Moment aber, was
einer Aufführung seine unmittelbare Wirkung rauben muß,
ist doch immer wieder der auf Schritt und Tritt sich auf-
drängende Vergleich mit dem unvergänglichen Wallenstein
Schillers. Diesen Vergleich hätte Gr. nicht heraufbeschwören
sollen, denn dadurch mußte er notwendig verlieren. Der
zweite Aufzug verfehlt darum seine Wirkung völlig, weil
uns das buntbewegte Lager mit seiner köstlichen Kapuziner-
predigt zu plastisch vor Augen steht, um ihn nicht als
farblose Nachahmung zu empfinden. Rudolfs Sterndeuterei
hat nichts von der tragischen Größe eines Wallenstein'schen
Fatalismus, und der Seni-Klesel trägt doch auch nicht die
dämonischen Züge des klassischen Magiers, den wir von
Wallensteins Persönlichkeit so wenig wegdenken können,
wie Mephisto von Faust. Nachdem ich hier die Hauptmomente, die einer so unmittelbaren Bühnenwirkung, wie
sie „Ottokar" ausübt, im „Bruderzwist" entgegenstehen, kurz
charakterisiert habe, bleibt nur noch übrig, im Einzelnen
das Für und Wider der einzelnen Aufzüge darzulegen.

Mit echt Shakespeare'scher Lebhaftigkeit setzt der erste
Aufzug ein. Er führt uns auf den Kleinseiter Ring in Prag,
beleuchtet von der ersten Morgensonne, und zeigt uns sofort Don Caesars ungebärdige temperamentvolle Art. Sein
Auftritt wirkt das ganze Stück hindurch jedesmal als belebendes Moment. Diese erste Scene hat etwas von der
Lebendigkeit der ersten Scene des „Othello". Auch die
Fortsetzung im Saal des kaiserlichen Schlosses zeigt dramatisches Leben und erinnert an den ersten Aufzug Ottokars:
speziell die Technik, den Kaiser unter einem großen Apparat von erwartungsvoll harrenden Hofleuten nach einer
Spannungspause auftreten zu lassen, ist dieselbe, wie sie Gr.
beim ersten Auftritt Ottokars verwendet. Der erste Aufzug
bringt zum ersten Male wieder eine ausdrücklich erwähnte
Pause, die hier sehr charakteristisch wirkt: Rudolf: „In's
Brautgemach — Des Weltbaus Kräfte eilen — Gebunden —
in der Strahlen-Konjunktur — und der Malefikus — —
das böse Trachten — — (er verstummt allmählich. Sein

Haupt sinkt auf die Brust. P a u s e. Erzherzog Ferdinand
tritt ihm besorgt, einen Schritt näher) Rudolf (emporfahrend)
„Ist jemand hier? Ja so! — Was solls?" Es ist die einzige im Stück, und hier innerlich durch die auf Rudolf
einstürmenden Gedanken, äußerlich durch Ferdinands Bewegung gut motiviert. Sehr wirkungsvoll ist der Aktschluß
des ersten Aufzugs mit dem Zuge zur Kirche.

Der zweite Aufzug läßt die freie Bühne wirken: Das
kaiserliche Lager, dessen Hintergrund durch die Zelte einen
gewissen Abschluß findet. Ueber die in diesem Aufzug enthaltene Parallele zu „Wallensteins Lager" siehe oben. Die
nächste Verwandlung zeigt das Innere des Zelts, für dessen
Anwendung Gr. nachgerade eine Vorliebe gefunden hat,
nicht zum wenigsten aus dem Bewußtsein heraus, damit
der Inscenierung eine sehr wirkungsvolle Abwechslung zu
schaffen. — Daß die beiden wichtigsten Aufzüge in Hebbels
„Judith" im Z e l t des Holofernes spielen, daß dieses Zelt
einen wunderbar geschlossenen Hintergrund für die Handlung abgibt und von modernen Regisseuren mit großer Vorliebe verwendet wird, sei hier im Zusammenhang mit Gr.s
Dekoration nur erwähnt, weil es den neuerlichen Bestrebungen, nach Art der Shakespearebühne vor einem Vorhang
zu spielen, nur entgegenkommt.

Die zweite Verwandlung des zweiten Aufzuges zeigt bei
offener Scene eine Gegend in der Nähe des kaiserlichen
Lagers, in der Abenddämmerung, scheint aber für die kurze
Scene, so wirksam sie an sich ist, recht unmotiviert. Der Fantasie des Regisseurs läßt Gr. ziemlich freien Spielraum in
der Ba. zum dritten Aufzug. Für das Zimmer im Schloß
ist im Hintergrunde nur eine „türförmige Oeffnung, in der
ein Schmelztiegel auf einem chemischen Ofen steht" vorgeschrieben. Immerhin wird dieses Allerheiligste mit Retorten,
allerhand Gefäßen und astronomischen Hilfsmitteln auszu-
statten sein. Gr. erwähnt nur, das für die Handlung unbedingt Notwendige; je älter er wird, desto spärlicher werden
seine Ba., besonders die direkten, während die indirekten
sich mehren. Aus der Handlung geht hervor, daß die Beleuchtung ein geheimnisvolles Halbdunkel sein muß, da Rudolf
Julius von Braunschweig nicht kennt. Der einzige Lichtpunkt

mag das letzte Verglühen der Kohlen vom Ofen her sein, so
daß Rudolfs Aeußerung „Es fehlt an Kohlen, Kohlen" motiviert wird. Die folgende Verwandlung zeigt die Scenerie
von I. 1, belebt durch eine bewegte Volksmenge; aber auch
hier wie in II nur eine ganz kurze Scene, die durch die Handlung nicht als unbedingt notwendig bezeichnet werden kann.
Der vergebliche Versuch Julius', Leopold umzustimmen,
hätte äußerlich weniger wirksam, aber innerlich zusammen-
hängender bei der vorhergehenden Scenerie bewerkstelligt
werden können.

Wie I; 1, zeigt der sehr wirksame vierte Aufzug die
Prager Kleinseite, diesmal in wirrem Tumult, begleitet von
Sturmgeläut und Schüssen. Ueber die Beleuchtung gibt nur
die indirekte Ba. Aufschluß: Ramee: „Halt ein mit schießen!
Es erweckt die Schläfer." Auch hier nach ganz kurzer Scene
eine Verwandlung: Zimmer in Prokops Hause, eine sehr
w i r k s a m e , aber etwas kulissenreißerische Scene nach Art
der „Ahnfrau" seligen Angedenkens. Die w i r k u n g s -
v o l l s t e Dekoration zeigt die folgende Verwandlung, die den
Kgl. Garten auf dem Hradschin vorführt; eine friedliche
Note in die politischen Wirren bringt der Ziehbrunnen, der
sich im Bühnenbild sehr malerisch ausmacht. Da die Handlung weiter vorgeschritten ist, so dürfen wir jetzt hellen Tag
für die Beleuchtung annehmen. Diese Scene ist unzweifelhaft die stärkste, vermag aber über die schleppenden, politischen Verhandlungen, die das Drama durchziehen, und sich
für einen historischen Roman viel mehr eignen würden, nicht
hinwegzutäuschen. Die daran anschließende Verwandlung
zeigt dieselbe Scenerie zu Anfang des dritten Aufzuges, mit
der Veränderung, daß die nischenartige Vertiefung durch
einen Vorhang verdeckt ist. Dieser Vorhang, den Gr. (vgl.
Hero und Leander) gern verwendet, verbirgt wiederum etwas
ganz anderes als der Zuschauer erwartet hat. (Parallele
Ottokar V): Er läßt, zurückgezogen, die geheimnisvolle Tür
v e r r a m m e l t sehen, und wirkt so durch den Gegensatz
als guter Dekorationseffekt.

Der fünfte Aufzug gibt wieder ein einheitliches Ab-
schlußbild, den Saal in der kaiserlichen Burg zu Wien.
Er erhebt sich auch dramatisch über das Niveau von I, II

und III, vermag aber die Lebhaftigkeit von IV nicht zu erreichen Zusammenfassend bemerken wir, daß die Handlung an zu häufigen Verwandlungen krankt, deren störende Pausen zwar mit Hilfe der Drehbühne gemildert, aber nicht beseitigt werden könnten. Dadurch fehlt der Handlung die große einheitliche Linie, die gerade beim historischen Drama so notwendig ist und im „Wallenstein" so wohltuend wirkt. Auch sonst ist der „Bruderzwist" ein Stiefkind der Gr.schen Muse.

Die Gruppenwirkung, die mit stark malerischem Effekt die Personen in das Bühnenbild hineinstellt, ist hier nur spärlich vertreten. Dahin gehört Julius von Braunschweig, knieend vor Rudolf; ebenso als guter Aktschluß: Matthias, hoch zu Roß, umbraust vom Jubel des Volkes; gleichzeitig ein wirksamer Gegensatz zum Aktschluß V, wo der Volkslärm nur gedämpft Matthias' Worte begleitet: „Mea culpa, mea culpa, mea maxima culpa". Ebenso zeigt das Ende des vierten Aufzugs die Gruppenwirkung als Aktschluß: Julius von Braunschweig, der während des ganzen Stücks eine ähnlich sympathische, echt männliche Rolle spielt, wie Rudolf im „Ottokar", knieend vor dem den Tod erwartenden Kaiser! Endlich die wirkungsvollste „Gruppe": Matthias allein auf der Scene nach dem Monolog: „Was sprechen Sie von Krieg und 30 Jahren?" niederknieend und an die Brust schlagend: „Mea maxima culpa", während in dieses erschütternde Selbstbekenntnis der Jubel der leicht bewegten Menge hineinklingt: Vivat Matthias!

Die Ba. sind erfreulicher Weise spärlicher geworden. Sie neigen auch hier der Tendenz zu, nur notwendige Bewegungsvorgänge, und nicht selbstverständliche Noten zu geben; daraus ergibt sich, daß die indirekte Ba. zwar nicht vorherrscht, aber doch öfter vertreten ist. So z. B. im ersten Aufzug. Rumpf: „Die Malkontenten sollen Willens sein, — (lebhafter) ein Kaufmann aus Florenz hat sich gemeldet". In diesem plötzlichen Abspringen vom Thema liegt für das Spiel Rudolfs eine ergiebigere Ba. als wenn sie in Worte gefaßt wär. In derselben Weise im zweiten Aufzug Max: „Es klatschte wie von Küssen. Und niemand wußt es als die ganze Stadt (zu Klesel) Tunkt ihr die Feder ein?"

Gerade in dieser unausgesprochenen Ba. liegt eine Fülle
der Charakteristik für diese verschlagene Bürokratennatur.
Ebenso etwas später: Ferd.: „Den Waffenstillstand — (zu
Kiesel) schüttelt ihr den Kopf?"

Durch besondere Ba. häufig vertreten sind m u s i k a l i -
s c h e Momente. Sie sind aber durchweg als rein äußerliche
Begleiterscheinung der Volksmenge oder des allgemeinen
kriegerischen Lärms gefaßt; nicht eine ist annähernd so
reizvoll, wie am Schluß des zweiten Aufzugs von „Ottokar",
wo der gewaltige Zawisch, selbst unsichtbar, seine Nähe
durch zarte Lautenklänge verrät.

Ein treuer Diener seines Herrn.

Gr. hatte das fertige Manuskript im September 1827
Schreyvogel übergeben, der zuerst eben nicht sehr erbaut davon war, jedoch wird das Stück vom Burgtheater angenommen und kommt am 28. Februar 1828 zum ersten Male
heraus. Anschütz spielt den Bancban, Heurteur den König,
Ludwig Löwe, der Temperamentgewaltige, den Otto, De-
moiselle Pistor die Erny, die Schröder die Königin.

Es ist nicht zu weit gegangen, wenn wir den „treuen
Diener" gleich dem „Ottokar" als hohes technisches Meister-
werk bezeichnen. Besonders zustatten kommt ihm, daß es
keine scenische Schwierigkeiten und häufigen Verwandlungen
bietet. Das Stück beruht vor allem auf der Darstellung
Ottos und Bancbans, Rollen, die den Schauspielern äußerst
schwierige Aufgaben bieten. Speziell der Bancban kann leicht
zum völligen Vergreifen leiten. Er ist so gar kein Krieger,
viel eher ein ruhig abwägender, in seiner Pflichterfüllung
aufgehender Geschäftsmann, aber andererseits nicht etwa
ein Trottel. Ein Mann, von rührend gerader, vornehmer
Denkweise. Um so erschütternder wirkt es, wenn er wortlos ächzend unter der Last seines ungeheuren Schmerzes
zusammenbricht. Otto, der zunächst in die Kategorie der
Zawisch und Kattwald gehört, und in seiner Ausgestaltung
in den ersten Akten durch Löwe's kraftvolle Individualität
Züge erhalten hat, steht diesem Bancban, der äußerlich als
Mann so gar nichts mitbringt, als prächtige Kontrastfigur

gegenüber. Er ist der kraftvolle Frauenliebling genau wie
Zawisch. Aber während bei diesem der Abfall von der
Königstreue das Charakterbild trübt, gewinnt Otto von Akt
zu Akt an menschlichem Interesse. Otto, Bancban und Ottokar sind die psychologischen Meisterwerke von Gr.s Men-
schergestaltung. So Vollendetes wie hier ist Gr. nur noch in
der Schilderung der Frauenpsyche, der „Sappho" und der
„Jüdin", gelungen. Schon für den vierten Aufzug schlägt
Sauer ein einförmig schwarzes Gewand für Otto vor; ich
kann dem nur um so mehr beipflichten, als die große Wandlung, die sich bis zum fünften Akt vollzogen hat, so auch
äußerlich ihren Uebergang findet. Im letzten Aufzug ist
dann äußerlich und innerlich von dem strahlenden Kriegs-
und Frauenhelden nichts mehr geblieben. Barhäuptig und
mit bloßen Füßen, mit völlig zerfetztem Gewand mag er
auftreten. Es gehört gerade für diese, so gar nicht gradlinig
verlaufende Charakterzeichnung eine ganz besondere schauspielerische Individualität. In der Beurteilung gerade dieser
Rolle sind wir entschieden großzügiger geworden. Laube
in seinem Nachwort bezeichnet die Gestalt des O t t o k a r als
gewagt für die Bühne, wenigstens habe er diese Empfindung bei der Lektüre gehabt. Wir müssen heute sagen,
daß gerade in dieser kraftvoll zupackenden Art der große
Reiz der Gestalt liegt. Ja Laube weist mit Recht darauf hin,
wie Gr. immer neue Anforderungen an die Schauspieler
stelle und durch diese Vielseitigkeit die höchste Ausbildung
der Individualität des Einzelnen fordere.

Im Einzelnen sei zu dem Stück noch Folgendes bemerkt: die Zahl der Hauptpersonen ist gering und trägt daher zur Uebersichtlichkeit der Handlung ebenso bei, wie
die geringe Anzahl der Verwandlungen.

Erster Aufzug. Wie üblich schildert Gr. den Saal, hier
in Bancbans Hause, mit hohen Bogenfenstern. Er liebt den
düsteren Hintergrund der Gotik noch von der „Ahnfrau"
her und diese Vorliebe ist ihm geblieben. Ja die Lichter
auf dem Tische lassen uns an den ersten Aufzug der „Ahnfrau" denken. Und während von unten die wüste Katzen-
musik Ottos und seiner Kumpane herauftönt, beleuchtet der
fahle Kerzenschein die unbeweglichen Züge Bancbans. Der

höhnende Zuruf, der durch die stille Nacht tönt und wiederum
an den Othello I. erinnert, kann seine Ruhe nicht stören.
Draußen Lärm, auf der Scene völlige Gelassenheit, wie
stets bei Gr., so auch hier ein äußerst kontrastreicher
Auftakt.

Wie des öfteren läßt Gr. die nächste Verwandlung sich
zeitlich direkt an die erste Scene anschließen. Hatte man
Bancban sein Zimmer verlassen sehen, so sieht man ihn
jetzt auf die Straße treten. Darin liegt, durch die notwendige
Verwandlung, wie ich schon bei der „Medea" ausgeführt
hatte, eine innere Unwahrscheinlichkeit, die nur durch die
Drehbühne gemildert werden kann. In dieser Straßenscenerie
hat Gr. einen sehr hübschen, durch indirekte Ba. kenntlich
gemachten Lichteffekt: Begleiter: „Das Licht verschwindet
oben in der Kammer" — Die folgende Verwandlung führt uns
in den Saal der Kgl. Burg und zeigt den Abschied des
Königs von der Königin. Auch hier ein sich von selbst er-
gebender Lichteffekt: Die Königin ist im Nachtgewand.
Daraus ergibt sich, daß sie oder der begleitende Kämmerer
einen Leuchter mit Kerzen trägt, der Andreas' Rüstung
in dem morgendlichen Zwielicht aufleuchten läßt. Bei dem
späteren Auftritt der Räte bleibt es dem Regisseur überlassen, ob er entweder schon das Tageslicht durch die
Fenster hereinfluten lassen will, oder ob mehrere Diener
noch Lichter bringen.

Die Ba. am Anfang des zweiten Aufzugs verlangt einen
Saal im Kgl. Schloß, jedoch nicht denselben, wie bei der
letzten Verwandlung des vorigen. Der Tisch und die zahlreichen Stühle, besonders aber die Türen sollen ihn als
zentralgelegenes Beratungszimmer kennzeichnen. Eine besondere Beleuchtungsanweisung findet sich nicht, da aber
bald nachher von Fest und Tanz die Rede ist, so mag die
Sitzung bis zum Abend gedauert haben, woraus sich für
die Beratung ebenfalls Kerzenbeleuchtung ergibt.

Der dritte Aufzug spielt im Vorzimmer der Königin.
Der häufige Wechsel des Hintergrundes wäre an sich nicht
notwendig, umso weniger, als er die schnelle Verwandlung nur erschwert. Gr. hat, je weiter seine Bühnenarbeit
fortschreitet, Freude am Reichtum der Scenerien. Die im

Anfang bei ihm übliche direkte Beleuchtungsanweisung fehlt
auch hier. Ein Beweis dafür, wie er mit dem Kulissenmilieu
vertrauter wird. Wenn die Handlung nicht ganz bestimmte
Lichteffekte erfordert, so ist die Beleuchtung an sich ja auch
ziemlich gleichgültig. Sehr bald folgt die Verwandlung, das
Zimmer des Prinzen. Auch hier schließt sich die Handlung
zeitlich direkt an das Vorhergehende an. Das erste, was dem
Beschauer in die Augen fällt, ist der Vorhang vor dem
Alkoven, der sich in der Mitte des Hintergrundes befindet.
Seit der Zeltdekoration der „Medea", wo Gr. sich von der
malerischen Wirkung der langen, weichen Falten des Stoffes
überzeugt hatte, bevorzugt er diese Dekoration besonders.

Der Dolch, dessen Vorhandensein in der Wand hier
motiviert ist, im Gegensatz zur „Ahnfrau", wo sein Vorhandensein zum Apparat der Schicksalstragödie gehört,
steckt sichtbar in der Holztäfelung.

Die Ba. zum vierten Aufzug verlangt: Platz vor Bancbans
Hause. Obwohl der Dichter nichts weiter vorschreibt, liegt
doch kein Grund vor, nicht die Dekoration von der zweiten
Scene des ersten Akts zu nehmen. Die Beleuchtungsangabe
befindet sich indirekt im Text: B.: „Es ist um Zwielicht
schon", was gleichzeitig mit dem Folgenden: „wir setzen
uns, dort, wo sie saß und sprach Und sagen uns, wie lieb
sie war und gut. Komm Peter, komm Und weinen uns recht
satt" eine entzückende Ausmalung der Stimmung ist, die
über dieser, wehmütiger Erinnerung gewidmeten Dämmer-
stunde liegen soll. Die folgende Ba. Zimmer der Königin,
weist zugleich mit der Dekorations- auch die Beleuchtungsanweisung auf, indem Gr. ausdrücklich einen Tisch mit
Lichtern vorschreibt. Daraus ergibt sich, daß die Scene
bei nachtschlafender Zeit spielen soll, und im Verein mit der
folgenden Ba. (Hinter der Scene ertönt ein Schrei) hat Gr.,
noch bevor das erste Wort gesprochen ist, die unheimliche
Stimmung charakterisiert, die über der ganzen Scene liegen
soll. Der Wahnsinnsruf Ottos, als er aus seinem unruhigen
Schlummer, von der Königin geweckt, auffährt: „Bringt
Lichter, Gott, nur Licht usw." steht nicht in Widerspruch
mit der obigen Ba., ergänzt diese vielmehr in mehrfacher
Hinsicht. Die obenverlangten Lichter haben den Raum nur

8

mäßig erhellt, so also die unheimliche Stimmung der Scene rein äußerlich vorbereitet, die Möglichkeit für Otto, den Geist der getöteten Gräfin zu sehen, wahrscheinlich gemacht. Jetzt, als die Kammerfrau mit Licht erscheint, verschwindet die böse Vision für Otto. Bemerkt sei, daß gerade diese Verstärkung des Lichteffekts ein gewissenhaftes Arbeiten des Beleuchters verlangt. Dennoch darf die Bühne auch nach dem Erscheinen der Kammerfrau nur mäßig erhellt sein, wie aus der späteren Frage der Königin: „Wer dort? Freund oder Feind?" hervorgeht. Die geheimnisvolle Stimmung bleibt. Bancban erscheint wie ein Dieb in der Nacht. Der aus der Blendlaterne fallende Lichtkegel trifft die Königin und strahlt weiter in den Zuschauerraum, läßt aber den geheimnisvollen Gast nicht erkennen. Die unheimliche Wirkung der Dekoration erhöht Gr. noch in der folgenden Scene: Ein dunkles Gewölbe (vgl. Ahnfrau V), eine schwere architektonische Wirkung durch den offenen Mauerbogen im Hintergrund, und einen ähnlichen kleineren in der Seitenwand links. Beim Aufgehen des Vorhangs herrscht völlige Dunkelheit, die erst durch des auftretenden Bancban Laterne verdrängt wird. Der Lichtkegel läßt die eintretende. Gestalten als gespensterhafte Schatten auf dem Mauerwerk vorübergleiten. Später erscheinen dann Gewaffnete mit Fackeln, deren unruhig flackerndes Licht das Gewölbe mit blutigrotem Schein erfüllt. Gr. hat es in dieser Scene meisterhaft verstanden, das Milieu — sit venia verbo — nur durch Dekoration und Beleuchtung, ohne das Drum und Dran von Geräusch und Geistererscheinung, wie in der „Ahnfrau", dem Zuschauer restlos zu vergegenwärtigen.

Der fünfte Aufzug zeigt eine freie Gegend, belebt durch Hügel im Hintergrunde, und damit schon äußerlich die Heimatlosigkeit der handelnden Personen.

Die Gruppenwirkung wendet Gr. gerade hier häufig und äußerst glücklich an; so als Aktschluß I beim Abschied des Königs, der in seiner Art sehr an Ottokar I Schluß erinnert: Ein poliphoner Accord von ausgesprochen musikalischer Wirkung. Ganz im Gegensatz dazu steht eine zweite Gruppe, die in ihrer schlichten Innigkeit wie ein köstliches Genrebild anmutet: Frau Erny hat sich an die Brust

ihres Gatten geschmiegt und — schämt sich. B.: „Schämst
du dich Kind! — Schäm dich an meiner Brust! So recht,
den Kopf im Winkel eingeduckt, die Augen zu; recht wie der
Vogel Strauß. Und so laß sprechen uns —" Das ist ein
Charakterzug dafür, wie väterlich innig Bancban sein Verhältnis zu Erny auffaßt. Der Schluß des II. Akts zeigt
eine rein äußerliche, aber wirksame Gruppe: Otto rasend
am Boden liegend, während die Königin ratlos daneben steht.
Die Gruppenwirkung am Aktschluß zeigt das Ende des
dritten Aufzuges: Frau Ernys Leiche umstanden von den
Hofleuten, in der Mitte hochaufgerichtet die Königin, die
Ottos schwere Schuld auf sich nimmt, und dadurch zu
tragischer Größe wächst. Der rührendste Aktschluß, der
sich überhaupt bei Gr. findet, dürfte der zu Ende des vierten
Aufzuges sein: Bancban, „sein Herrlein" und sich selbst
verbergend unter dem am Boden zurückgelassenen Mantel.
War es bei einer früheren Gruppe väterliche Gattenliebe,
so ist es hier väterliche Vasallentreue, die diese Gruppe so
rührend wirken läßt. Und diese Treue und väterliche Liebe,
die der von seinem Liebsten auf der Erde verlassene schlichte
Mann für sein „Herrlein" empfindet, gibt endlich auch das
Motiv für die Gruppe am Ende des fünften Aufzugs: Bancban
knieend vor dem Kinde „Daß ich sein Händlein drück
an meinen Mund, Mich überzeugend, daß es lebt und atmet!"
Die darauffolgenden 17 Verse, von denen die vier letzten
reimen (a b a b) sind eigentlich ein Epilog, ein hoffnungs-
froher Ausblick in die Zukunft und ein ganz bescheidenes Geständnis Bancbans, daß er eigentlich d o c h ein treuer Diener
seines Herrn sei, nicht der ungetreue Knecht, als den ihn der
König im ersten Zorn gescholten. Dieser Epilog ist mit dem
echt wienerischen, goldigen Herzen geschrieben; das be-
scheiden joviale „I nu!" im letzten Vers gibt dem noch eine
besondere lokalpatriotische Note. Dennoch möchte ich bei
einer Aufführung dafür plaidieren, diese letzten 17 Verse
wegzulassen und das Bild mit der eben erwähnten Gruppe
unter dem Jubel des Gefolges in künstlerisch vollendeter
Weise schließen zu lassen.

Die P a u s e n, die Gr. nicht mehr so häufig ausdrücklich vermerkt, finden sich hier betont an zwei Stellen: im

vierten Aufzug, nachdem Simon mit dem Rufe nach Rache abgegangen ist, wünscht Gr. ausdrücklich eine Pause, die dazu
dient, die absolute Ruhe auf der Bühne, besonders aber
Bancbans, wirken zu lassen, und im fünften Aufzug, als
Bancban knieend vor dem zurückgekehrten König liegt. Hier
besonders läßt Gr. durch die Pause die Gruppe wirken,
und gibt gleichzeitig dem Vertreter des Königs Zeit zu
einem wirksamen stummen Spiel.

Die Ba. haben nicht mehr den hohen psychologischen
Wert für die Darstellung, wie etwa in der „Sappho", da Gr.
im Text viel mehr für den Schauspieler hergibt als früher,
so daß also an die Stelle der direkten Ba. die kunstvollere
und darum auch wertvollere indirekte Ba. getreten ist. Einige
Beispiele dafür: Die eben erwähnte Aussprache Bancban-
Erny im zweiten Aufzug. Ferner im ersten Aufzug: Diener:
„Ach Herr! Mein Herr! Sie werfen Sand und Steine nach
dem Fenster".

Endlich sei auch nicht das musikalische Moment vergessen. Eine Parallele zu Zawisch, von dem Otto ja mehrere
Züge trägt, gibt im ersten Aufzug sein Gesang an „schön
Erny . . ." der von der Straße zu dem Ehepaar hinauf-
tönt. Sonst finden wir nur noch im vierten Aufzug Trom-
petenschall als Begleiterscheinung des kriegerischen Lärms.

Libussa.

Die Libussa ist, unter dem Gesichtspunkt einer Aufführung betrachtet, kein erfreuliches Werk, ja bei aller Verehrung für Gr. darf man nicht verkennen, daß eine solche
nicht einmal im Interesse des Dichters liegt. Unzweifelhaft
bietet die Lektüre eine ganze Anzahl reizvoller Schönheiten,
jedoch sind diese lyrischer und epischer Natur. Für eine Darstellung aber, die ja vor allem Handlung verlangt, ist der
dramatische Stoff zu mager, um für eine fünfaktige Behandlung auszureichen. Für die Aufführung eines Dramas kann es
nur zwei Gesichtspunkte geben: Entweder das historische
Interesse, geweckt durch im Mittelpunkt der Handlung
stehende historische Persönlichkeiten, oder aber, und dies
vor allem, die über dem lokalen, patriotischen oder histori-

schen Interesse stehenden und von diesem losgelösten, rein
menschlichen Momente, in ihrem psychologischen, das Oert-
liche und Geschichtliche überdauernden Wert. Wir wollen
auf der Bühne Menschen von Fleisch und Blut sehen, Menschen mit ihren Fehlern und Vorzügen, Charaktere sich nach
der positiven und negativen Seite hin entwickeln sehen;
wollen das typisch Menschliche in künstlerisch vollendete
Form gegossen vor uns entstehen lassen. Das ist es gerade,
was den Dramen Shakespeares ihre Jahrhunderte über-
dauernde Wirkung sichert, an der der Wandel der Zeiten,
das äußere Gewand der Menschheit, spurlos vorübergeht:
Das ewig Menschliche. Sehen wir uns unter diesem Gesichtspunkt die „Libussa" an, so tritt nur die Liebesgeschichte
Primislaus-Libussa theatralisch wirksam heraus, das übrige
Drum und Dran jedoch, vor allem aber der so gar nicht
in der Richtung der psychologischen Entwicklung verlaufende
Schluß mit seinem mythisch-romantischen Einschlag können
auf Bühnenwirksamkeit keinen Anspruch machen. Dieselben
Gründe, die einer bleibenden Wirkung von „Gastfreund"
und „Argonauten" trotz des vorhandenen Interesses für
mythische Vorgänge hinderlich sind, v e r b i e t e n hier
meinem Empfinden nach geradezu die Aufführung. Die Tatsache, daß der äußere Rahmen schöne Bühnenbilder umfaßt,
daß die Volksscenen slavisches Volksleben dramatisch wirksam wiederspiegeln, dürfen doch das Urteil dafür nicht
trüben, daß der „Libussa"·dasjenige fehlt, was dem Drama
erst seine Berechtigung auf der Bühne verschafft: die Handlung. Auf Einzelheiten näher einzugehen, scheint mir daher
nicht angebracht. Wohl haben diese Gr.sche Vorzüge, aber
sie können den einen großen Nachteil nicht aufwiegen. Sie
würden sich dagegen in anderer Form für ein Opernlibretto
gut eignen.

Die Jüdin von Toledo.

Ueber die „Jüdin von Toledo" als Bühnenwerk ist viel
gestritten worden. Heute sind wir uns wohl dahin einig,
daß sie bei guter Inscenierung ein Werk von ganz eigenem
Reiz ist. Im Mittelpunkt der Handlung eine Frauengestalt,

die in ihrer Sprunghaftigkeit und der Eigenheit ihrer Rasse, besonders aber in den sich oft widersprechenden Zügen ihres Charakters, eine psychologische Studie allerersten Ranges darstellt. Garcerans Urteil: „Kommt ihm zum ersten Mal das Weib entgegen, Das Weib als solches, nicht als ihr Geschlecht" charakterisiert sie am besten: Kindlich Spielerisches, und heroisches Weibtum, äußere Zierlichkeit und oft männliche Charakterzüge, ungebundene Sinnlichkeit und weibliche Zurückhaltung. Sie stellt das vielseitigste Seelengemälde unter Gr.s Frauengestalten dar. Das stolze Weibtum Sapphos, die ergebene keusche Liebe Melittas, Heros kindlich naive Sinnenfreude und Medeens trotziger Heroismus, sie alle haben Züge für diese so ganz modern anmutende, oft geradezu hysterisch wirkende Frauengestalt hergegeben. Will man Rahel mit einem Wort charakterisieren für eine Darstellung, so müßte man sie füglich als Nervenbündel bezeichnen. Es ist die einzige weibliche Rolle bei Gr., die nicht in ein „Fach", bühnenmäßig gesprochen, paßt. Sie ist weder Naive noch Sentimentale, weder erste Heldin noch ausgesprochene Liebhaberin, sondern sie ist ein psychologisches Produkt, das für eine erschöpfende Verkörperung dieser Rolle die kongeniale Individualität einer Schauspielerin verlangt. Ein Theater, das nicht über eine solche verfügt, sollte soviel Ehrfurcht vor dem dichterischen Genius besitzen, dieses Stück Gr.s nicht aufzuführen.

Gr., hier zuerst der Interpret seines geliebten Lope de Vega, konnte der ersten Aufführung eines seiner reifsten Dramen nicht selbst beiwohnen, ja die Erstaufführung fand nicht einmal in seinem geliebten Wien statt, sondern in Berlin 1887, 15 Jahre nach seinem Tode, und erst 1889 bequemte sich das Burgtheater dazu, seinem Dichter, dem es so manchen künstlerischen und pekuniären Erfolg verdankte, sein Recht widerfahren zu lassen. Dabei hatte gerade Laube nach Gr.s Tode in dessen Nachlaß das fertige Manuskript vorgefunden, das dadurch umsomehr von rein theatermäßigem Interesse sein mußte, als der Dichter bei seinen Lebzeiten nie davon gesprochen hatte.

Wie weit Gr. von Lope, von Huerta, von der französischen Novelle des Cazotte abhängig ist, ist von berufener

Seite erörtert worden. Für unsere Frage ist das deshalb nicht
wichtig, weil es für uns nur darauf ankommt, was der
Dichter aus den übernommenen Motiven in s e i n e r Sprache
für Menschen macht; nicht daß er sie ebenso oder ähnlich,
sondern wie er sie auf die Bühne stellt, gehen, reden,
empfinden läßt. Die S c e n e r i e und L i c h t e f f e k t e behandelt Gr. in der „Jüdin" als untergeordnete Momente.
Er ist von der Stimmung, die den Versen entströmt, so
gefangen genommen, daß sich ihm ihre Notwendigkeit nicht
aufdrängt. Die kurze Ba.. (im Kgl. Garten zu Toledo) ist
gerade durch ihre Kürze für die Phantasie des Regisseurs
anregender, als eine bis ins Kleinste ausgeführte Ba., die er
womöglich sklavisch befolgen soll. Das uralte Toledo —
und daselbst der Kgl. Garten. Und sofort erstehen vor dem
Regisseur, der der Inscenierung nicht nur mit dem Ver-
stand, sondern auch mit dem Herzen gegenübertritt, die
Bilder, wie sie auch Gr. dabei vorgeschwebt haben mögen:
Der Garten, „Der nur Orangen trägt und Schatten gibt",
ist in wochenlanger Arbeit (so erzählt Alfonso) in einen „wie
sie England hegt und liebt", umgewandelt worden. Das ist
alles, was wir aus der indirekten Ba. noch erfahren. Das
E i n e aber ist sicher: Die herrliche üppige Vegetation To-
ledos kann England nicht aufweisen, und so sind die Bühnenbilder von echt südlicher Farbenpracht: Orangen, Palmen,
Riesenkakteen, ein üppiger Rasenteppich, durch den sich
die kiesbestreute „englische" Promenade zieht, im Hintergrund, im blauen Duft und Sonnenglast verschwimmend,
die Gebirgskette, mit ihren weichen, abwechselnden Linien.
Und damit auch die Architektur nicht fehle, mag im Mittel-
grund ein maurischer Säulengang das üppige Landschafts-
bild unterbrechen. Ueber dem allen ein leuchtender Sonnen-
glanz, der durch das Laub der Bäume und die grotesken
Silhouetten der Palmen hindurch nur in verstreuten Flecken
den dunklen Rasen mit helleren Reflexen betupft. In diese
Umgebung des gesteigerten Daseinsbewußtsein hüpft und
tänzelt in phantastischem Aufputz, wie ein buntschillernder
Kolibri Rahel, das Weib als solches. — In dieser lebens-
freudigen Form muß der erste Aufzug der Jüdin inszeniert
werden, denn s o hat Gr. ihn sich gedacht, das geht aus

jedem seiner Verse hervor. — Bemerkt sei, daß zur Erleich-
terung des langen Dialogs eine Marmorbank auf der Bühne
an einer besonders hübschen Stelle da aufgestellt werden
kann, wo der Kiesweg vorbeiführt. Dort können sich während des langen Gesprächs die Königin und Alfonso setzen,
während das Gefolge sich zwanglos gruppiert; sonst würde
man nämlich mit Recht fragen, warum der König mit seinem
Gefolge gerade hier Halt macht zu seinen etwas lang-
atmigen Erklärungen. Der zweite Aufzug hält die farbenpräch-
tige, südliche Stimmung fest, ja verstärkt sie, indem Gr.
hier ausdrücklich noch ein Gartenhaus mit Balkon vorschreibt. Daß es in maurischem Stil gehalten sein wird, versteht sich von selbst. Da der erste Aufzug am frühen
Vormittag begann, so haben wir also jetzt volle Mittagsonne. Mit der schon wiederholt· beobachteten Technik,
dem Zuschauer zuerst die Vorgänge a u ß e r h a l b eines bestimmten Innenraumes zu zeigen, und die folgende Scene
zeitlich und innerlich ohne Unterbrechung anzuschließen,
setzt Gr. in der folgenden Verwandlung die Handlung i m
Gartenpavillon fort, führt uns da die geputzte Rahel, wie
sie Isaak kurz vorher geschildert hatte, vor, und läßt alsbald den König, der am Ende der vorhergehenden Scene
ins Haus gegangen war, jetzt hier eintreten.

Der dritte Aufzug zeigt mit nicht minder üppiger Pracht
den Garten des Lustschlosses Buen retiro. Der Tajo im
Hintergrunde, auf dessen Fluten die Sonne spielt, gibt der
Stimmung des Bühnenbildes etwas von der luftigen Kühle,
die wir am Wasser unter schattenspendenden Bäumen stets
so wohltuend empfinden. Die „geräumige Laube" stört nun
allerdings diese Stimmung; ob man „Lauben" zur Zeit des
braven Alfonso gehabt hat, ist auch noch nicht sicher. Ein
maurischer Kiosk, eine Art offener Pavillon, oder, noch
besser, damit man die Scene, in der Rahel mit der für
Alfonso gebrachten Lanze das schattenspendende Dach oder
Vorhang stützt, nicht zu entbehren braucht, eine Art
Baldachin aus Perser Teppichen nach orientalischer Art drappiert,
darunter ein phantastisches Ruhebett mit Kissen, dürfte
Gr.s Intension am nächsten kommen. Ich sehe gerade
darin, daß er dieses Dekorationsmotiv nicht ausführt, son-

dern nur andeutet, den Beweis dafür, daß er alle Einzelheiten der Aufführung dem Regisseur am besten überlassen wollte.

Ebenso spärlich ist auch die Dekorationsanweisung zum vierten Aufzug (Saal mit einem Thronsitz rechts im Vorgrunde daneben) im Interesse des Bühnenbildes sagen wir besser: diesem gegenüber — (mehrere Stühle für die kastilischen Standesherren). Durch die Handlung selbst ergibt sich die Beleuchtung. Es ist Abend, also werden durch die maurischen Fenster und etwa durch eine Altantür die satten Farben des Abendhimmels in violetten und blauen Tönen einfallen. Nimmt man dazu etwa an, daß das Innere des Thronsaales in mattem Blau gehalten ist, so ergibt das eine wunderbare Farbenwirkung. Der Dichter schreibt nichts dergleichen vor, läßt alles sich ergeben aus der Gesamtstimmung des Stücks und dem südlichen Schauplatz der Handlung. Um so vielseitiger wird darum das Gewand sein, das die Inscenierung seinem Drama geben kann.

Der fünfte Aufzug endlich führt uns in einen Saal im Schloß zu Retiro. Hier findet sich zum ersten Mal wieder eine ausführliche Dekorationsanweisung: überall Zeichen der Zerstörung. Der umgestürzte Putztisch, das herausgerissene Gemälde, verstärken den Eindruck der Katastrophe. Durch die Mitteltür mag das zarte Licht eines tiefblauen Sternenhimmels einfallen, im Saal selbst dagegen herrscht Dunkel, das erst durch die Fackel des auftretenden Königs gespenstisch erhellt wird. Für die Beleuchtung maßgebend sind Esthers Worte, als sie den Vorhang, der auch hier nicht fehlen darf, zurückzieht: „Der Morgen dämmert schon, sein bleicher Schein . . ." Also haben wir zu Anfang des Aufzuges Nachthimmel, der dann im weiteren Verlauf der Handlung in die weißlicheren Farben des herannahenden Morgens übergeht. Auf die Worte des Königs: „Voraus! Voran! Geliebt es Gott zum Sieg" mag dann wie ein Symbol die Morgenröte eines neuen Tages durch die Fenster scheinen.

Der äußere Rahmen für die Handlung ist also denkbar einfach; fünf Aufzüge mit zusammen sechs Verwandlungen. Auch die Zahl der Hauptpersonen ist nicht groß. Ja, das bühnenmäßige Interesse konzentriert sich auf Alfonso-Rahel.

Gr. befolgt im Gegensatz zu Shakespeare und Schiller die Technik, die Hauptpersonen als fertige Skulptur, alle übrigen aber fast zu skizzenhaft zu geben. So ist z. B. hier Garceran, trotz einiger dramatisch wirksamer Momente, trotz der gut gelungenen Schilderung als „arbiter elegantiarum" doch für den Darsteller eine unglückliche Rolle, denn im letzten Grunde gibt er immer nur die Stichworte für Alfonsos große und wirksame Reden. Nicht so häufig wie sonst, dafür aber an besonders wirkungsvollen Stellen, ist die G r u p p e n - w i r k u n g angewandt: So die Jüdin, Alfonsos Bein um- klammernd, an ihn gedrängt, der König verlegen in dieser ungewohnten Situation, die Königin und Gefolge mit dem deutlichen Ausdruck der Mißbilligung. Oder im zweiten Aufzug: Garceran, Auge in Auge mit seinem Vater, ihm den Eintritt verwehrend in das Seitengemach, in das der König sich zurückgezogen hat, und so die Vasallentreue höher stellend als den Gehorsam gegen den Vater. Oder der König allein gegenüberstehend der Königin mit ihrem Gefolge, zwischen beiden das Kind. Die gewaltige Spannung durchzittert diesen Augenblick der Ruhe: Gleich darauf wird das Strafgericht losbrechen. — Nichts von dem allen. Der König verzeiht und sieht den eigenen Fehler ein. — Spär- lich sind diese Gruppen eingestreut, aber darum umso wirksamer.

Die direkten Ba. sind, wie weiter oben schon ausge- führt, wesentlich spärlicher; über die indirekten Ba. hatte ich anläßlich der Beleuchtung schon gesprochen. Ergänzend sei noch erwähnt: Im ersten Aufzug: König: „Nu, Donna Clara, senkt nur nicht das Haupt". Oder Ende III: Rahel: „Welch Geräusch" Esther: „Man zieht die Brücken auf". Sehr fein ist auch die Frage Manriques Anfang IV . . . „So kehrt er wieder in die alten Bande, Und wir sind eben nach wie vor, verwaist. Beliebt?" Hier hat also die Königin, überwältigt vor Schmerz, ihre Selbstbeherrschung einen Augenblick vergessen und eine Bewegung gemacht.

Direkt m u s i k a l. Momente finden sich nicht, nur gegen Ende V wird des Königs Rede durch ein wie zum Kampf rufendes Trompetensignal belebt.

Unbedingt rechnet die „Jüdin" durch ihre glänzende

Charakterisierung und die in sich geschlossene gradlinige
Handlung zu den bühnenreifsten Dramen Gr.s. Speziell aber
der Schluß des fünften Aufzugs, der so viel Widersacher gefunden hat, scheint mir mit seiner tiefgründigen Weisheit
äußerst geglückt und im Gegensatz zu den sonst so oft ange-
wandten Rührungsmotiven sehr originell.

Der Traum ein Leben.

Das dramatische Märchen, „der Traum ein Leben",
wird am 4. Oktober 1834 erstmalig im Burgtheater aufgeführt. Es unterliegt, nach Laubes andeutenden Berichten,
keinem Zweifel, daß das Wiener Theaterpublikum dem zunächst interesse- und verständnislos gegenüberstand, und daß
erst der Schluß des Rätsels Lösung bringt, nämlich, daß
die ganze buntscheckige, unwirkliche Handlung nur Rustans
Traum vorstellen sollte. Schon Laube sagt, daß jegliche
Ueberraschung im Bühnenstücke ein gefährlich Ding sei,
und er hat damit wenigstens in diesem Zusammenhang
recht. Daß das Stück, einmal erfaßt, einen echten Kassen-
erfolg brachte, erklärt sich daraus, daß es mit all seinem
poetischen Zauber eine souveräne Behandlung der Scene
zeigt. Es ist ein reizvoller Vorwurf, Gedanken und Wünsche
eines Mannes in die Form eines Traums zu gießen, und
hier ihre Erfüllung mit all ihren Konsequenzen zu zeigen;
gewiß ist der Phantasie, diesem schönsten Kleinod des
theatermäßigen Empfindens, hier ein denkbar freier Spielraum gelassen, nur fehlt diesem Traum, der zum Leben
wird, das Eine: Die psychologische E n t w i c k l u n g der
Charaktere, wie wir sie bei b e w u ß t handelnden Menschen sehen. Das ist an und für sich kein Fehler, beein-
trächtigt aber die innere Anteilnahme des Zuschauers unbedingt. Wenn wir bei Shakespeare den „von den Seelen all,
die er gemordet" gequälten Richard sich in einem halb-
wachen Traumzustand auf seinem Lager umherwerfen sehen,
so haben wir das Empfinden, daß damit die psychologische
Entwicklung seines Charakters auf der Bühne w e i t e r -
schreitet, der Traum ist nicht Leben, sondern das — s e i n
Leben ist zum Traum geworden, es verfolgt ihn in den
äußeren Ruhezustand seiner Seele hinein, gewinnt greif-

bare Gestalt, wächst ins Ungeheuerliche, hält ihn wie eine Bestie gepackt und sucht ihn zu zerreißen. Das Publikum weiß, daß es für Richard im letzten Grunde aus d i e s e m Traum kein Erwachen gibt, weil es sein eigenes Leben ist. So macht er aus dem Mann, der kaltlächelnd über Leichen schreitet, dessen blutbesudelte Hände heuchlerisch am Gebetbuch fingern, jenen innerlich mürben Schatten seiner selbst, den wir nicht zum wenigsten durch diese Traumcharakteristik verstehen lernen. — Anders bei Gr. Die innerlichen Konflikte waren nicht notwendig, sind nicht aus der psychologischen Entwicklung des Helden geboren, sondern vielmehr zufällig im Traume erlebt, sind nicht ein Bestandteil des inneren Wesens des Helden. Mit dem Augenblick des Erwachens ist der Konflikt ohne jede Störung gelöst.

Die Schilderung des Traumes leidet aber auch unter den Rücksichten, die durch die Aufführbarkeit geboten sind. An einigen, wenn auch wenigen Stellen, ist Rustan nicht auf der Scene; das ist im Traum nicht möglich, wenn anders er als Handlung auf die Bühne gebracht werden soll. Daß die Personen unendlich viel mehr sprechen, als es im Traum geschieht, mag dahin gehen, denn ohne Sprache ist die Handlung auf der Bühne ja nicht denkbar. Ferner können wir auch heute noch nicht dem Theater jenes traumhafte Aussehen geben, das feste Gegenstände haben. Das plötzliche Erscheinen der notwendigen Requisiten läßt sich nicht darstellen, sie müssen von Anfang an auf der Bühne sein, und nehmen eben dadurch wieder dem Traum das Traumhafte, stören also die für die Zuschauer nötige Illusion. Bedenkt man nun noch, daß die technischen Fähigkeiten der räumlich kleinen Wiener Hofbühne die Vollendung des modernen Theaters bei weitem nicht erreichten, so muß schon die leicht erregbare Phantasie des Wiener Theaterpublikums als Voraussetzung für den großen Bühnenerfolg in Anspruch genommen werden.

„Der Traum ein Leben" unterscheidet sich von den andern Dramen dadurch, daß er, „Weh dem, der lügt" ausgenommen, das einzige Stück mit freundlichem Ausgange ist.

Abgesehen aber von den einleitenden Bedenken ist es ohne Frage ein äußerst wirksames Bühnenstück, das einige theatergeschichtlich interessante Neuheiten in der Behandlung der Scene bringt, auf die wir in gewohnter Weise eingehen wollen.

Wenn der Vorhang sich hebt, fällt das Auge des Zuschauers auf eine in den satten Farben des sinkenden Sommerabends leuchtende Landschaft mit Felsen und Bäumen. Mirza: „Die Sonne blendet. Scheidend an der Berge Saum Schüttet sie, in Glut versunken, ihres Brandes letzte Funken Durch die abendliche Flur." Im Vordergrunde, als Zeichen menschlicher Nähe, eine Hütte mit einer zur behaglichen Ruhe einladenden Bank. Ueber dem Ganzen liegt die Behaglichkeit des Feierabends. Und in diese Stille hinein tönt Hörnerklang aus der Ferne und weckt die Hoffnung Mirzas, den Geliebten wohl und munter heimkehren zu sehen. Diese behagliche Stimmung erhält durch Rustans Kommen die erste Störung. Die Unruhe des sich in die weite Welt Hinaussehnenden leitet über zu der am Ende des ersten Aufzugs von Gr. vorgeschriebenen Verwandlung in die Scenerie von II. Diese Verwandlung bei offener Scene durchzuführen ist nicht leicht. Man kommt der völligen Illusion vielleicht am nächsten, wenn man die gewünschte Verwandlung hinter dichtem Schleier vornimmt, und gleichzeitig die Rückwand der Hütte in die Versenkung gleiten läßt, während die symbolischen Knaben kurz vor dem Heben des Schleiers und dem Wiedereinschalten der Beleuchtung mit ihren Fackeln erscheinen. Vielleicht wäre es aber auch noch wirksamer, die Hinterwand aus transparentem Gazestoff zu nehmen, und die mit der benötigten Dekoration versehene Hinterbühne im geeigneten Moment hell zu beleuchten, während vorher jedes Licht abgeblendet war. Je geräuschloser und schneller sich der Uebergang vom wachen Zustand zu den Traumbildern vollzieht, umso täuschender wird die Illusion wirken. — Der zweite Aufzug zeigt also den ersten Schauplatz von Rustans Traumerlebnissen. Es ist eine echt märchenhafte Waldgegend mit Felsen und einem Gebirgswasser, über das sich eine Brücke schwingt, während im Vordergrunde eine Moosbank neben einem Kühlung spendenden Quell zu beschaulicher Ruhe lädt. Ein Fleckchen Erde, das mit seinem würzigen Waldesduft und dem erfrischenden Hauch, den das in feinem Sprühregen sich auflösende Wasser verbreitet, so recht die Worte Rustans begreiflich macht „Freiheit! Ha, mit langen Zügen Schlürf ich deinen Aether ein." Auch hier wieder fällt die Sonne durch das schattende Laub, die, wie Rustans Worte zeigen, im Zenith steht: „Oben nur von jenen Hügeln Sah in seiner Türme Brand Ich die Sonne strahlend liegen, Wir sind dort, eh' sie entschwand". Die Dekorationsanweisung zum dritten Aufzug läßt uns verschiedene schon bekannte Dekorationsmotive wiederfinden. Die zeltartige Estrade, deren hintere Vorhänge offen sind, erinnert an das Kaiserzelt aus dem „Ottokar"; ja die dort angeregte Frage betreffs der technischen Ausführung erscheint hier von vornherein gelöst dadurch, daß die hinteren Vorhänge offen sind. Die vorderen m ü s s e n es sein mit Rücksicht auf das Publikum. Das Sofa mit Kissen und dem hier orientalischen Baldachin zeigt die deutliche Parallele zur Dekoration der „Jüdin" III. Der Aufzug beginnt am Spätnachmittag, wie aus der späteren Ba., daß ein Diener mit Lichtern ins Zelt tritt, hervorgeht und gleich darauf aus der Ba. für Rustans Auftritt: (das Gesicht des auf dem Ruhebett liegenden Königs und Kalebs beleuchtet. Der übrige Teil der Bühne ist dunkel). Daß Gr. hier die Gesichter der beiden ausdrücklich beleuchtet sein läßt, mag darauf zurückgehen, daß Gr. schon früher die eigenartigen Farbentöne des Kerzenlichts, das die Mienen der Schauspieler nur mäßig erhellt, beobachtet hatte. Hier speziell wollte er auf den Gesichtsausdruck und das Mienenspiel besonderen Wert gelegt wissen. — Die darauffolgende Ba. verlangt ein Durchsichtigwerden der hinteren Vorhänge, die dann Mirza in heller Erleuchtung zeigen, vor der Hütte ihres Vaters sitzend, vor ihr stehend ein Greis, ähnlich dem alten Kaleb. Sicherlich hat diese Ba. die größten Schwierigkeiten im ganzen Stück. Wollte man die Illusion vollendet hervorrufen, so dürfte das nur eine Filmaufnahme der Dekoration des ersten Aufzuges mit den betreffenden Personen auf die Zeltleinwand projiziert, erreichen, die sich neuerdings in der Oper (Wagner) in vereinzelten Fällen als recht glücklich erwiesen hat. Daß die hinteren Vorhänge „durchsichtig" werden, ist nur schwer zu erreichen und wirkt dann schlecht und unnatürlich. Außerdem muß ja die übrige Bühne wegen der folgenden Verwandlung dunkel bleiben, so daß man also mit transparenten Beleuchtungseffekten nicht arbeiten kann. Diese Verwandlung nun zeigt, indem die Vorhänge sich teilen, die Stadt im Mondenglanz, wie ein Bild aus tausend und einer Nacht.

Ein oft angewandtes und bei Gr. beliebtes Dekorationsmotiv zeigt dann die Ba. des vierten Aufzuges: In dem Saal des Kgl. Schlosses wird ein Alkovenartiger Nebenraum durch einen Vorhang verdeckt. — Die folgende Verwandlung, das kurze, ländliche Zimmer in dichtem Dunkel, in das dann Mirza tritt. — (mit der Lampe kann sehr zum Nutzen der Handlung fortbleiben, damit der Traum nicht unterbrochen wird). Die daran anschließende Verwandlung zeigt dann die Dekoration wie zu Anfang des zweiten Aufzuges.

Am Ende des vierten Aufzugs folgt dann die Rückverwandlung der Scenerie in die Situation von I. Am besten dürfte da die Verwandlung bei offener Scene im Dunkel mittels Drehbühne sein. Das Beleuchtungsmotiv mit den Fackeln wird abgelöst durch den mit der Lampe eintretenden Zanga, dieses wieder durch das einfallende Tageslicht. Mit dem Wunsch, diesen Lichteffekt zu haben, ist Gr. ein kleiner Lapsus passiert. Das Licht soll „durch das breite Bogenfenster, das die größere Hälfte des Hintergrundes einnimmt", einfallen. Nun haben wir es aber mit einer Hütte zu tun, deren bis dahin undurchsichtige Hinterwand sich öffnen und den Ausblick auf die Marchgegend von II ermöglichen soll. Also ist das Bogenfenster aus beiden Gründen unmöglich. Das Tageslicht mag durch die offengebliebene Tür der Hütte, durch die Zanga aufgetreten ist, einfallen. Aber noch einmal erscheint die Leuchte, diesmal von Mirza getragen. Um das Lampenmotiv nicht zu wiederholen, wird man es am besten nur beim ersten Mal beibehalten, während dann das hereinbrechende Tageslicht bei Mirzas Auftritt heller geworden ist. Denn etwas später verlangt ja Gr. schon „den vollen Glanz des Sonnenaufgangs", nur kann man „die durch das Fenster sichtbare Gegend" nicht sehen. Allenfalls kann man das Fenster für den

Lichteffekt an der einen S e i t e neben der Tür beibehalten.
— Das einfallende Sonnenlicht bildet ein reizvolles Symbol
für den neuanbrechenden Tag, der Rustan als gewandelten
Menschen findet.

Die G r u p p e n wirkung tritt an mehreren Stellen hervor. Im dritten Aufzug, in einem hochdramatischen Augenblick, der alte stumme Kaleb vor dem König knieend.
Etwas später: Der König liegt lesend auf dem Sofa, an
seiner Seite der alte Kaleb auf den Knieen niedergekauert,
zuhörend. Die Lichter auf dem Tisch erhellen die G r u p p e.
Diese Stelle beweist, daß Gr. sich der Gruppenwirkung im
Bühnenbild genau bewußt ist. Oder im vierten Aufzug:
Der alte Kaleb hochaufgerichtet Rustan gegenüber, nach
einem einzigen Laut ringend, bis sich schließlich das an-
klagende „D—U!" von seinen Lippen ringt. Endlich die
Gruppenwirkung als Aktschluß am Ende des vierten Aufzugs: Rustan und Mirza vereint, knieend vor Massud.

Die Pause ist an einer Stelle besonders betont und
zwar im ersten Aufzug nach dem Abgang Massud-Mirza und
vor dem Auftreten Zangas. Sie ist hier besonders wirkungsvoll und natürlich. Es wirkt immer unkünstlerisch, wenn
sofort nach dem Abgang des oder der Spieler der Gegen-
spieler auftritt; zudem ist dadurch wieder ein Moment
der Spannung gegeben, die erst noch durch das Auftreten
Zangas gesteigert wird, während der, von dem die ganze
Zeit über die Rede war, Rustan, erst etwas später dem
Publikum sichtbar wird.

Die Verbindung von direkter und indirekter Ba. zeigt
sich wieder etwas häufiger als sonst, so gleich am Anfang:
Ba.: (Hörnertöne schallen aus der Ferne) Mirza: „Horch,
war das nicht Hörnerschall?" Oder im dritten Aufzug vor
Kalebs Erscheinen: Ba.: — (Dazwischen klagend ausge-
stoßene Laute) König: „— Und dazwischen Klagetöne";
etwas später: „Und die Stimme —" Ba.: (Die vorigen Klage-
laute wiederholen sich).

Eine neue Note in die Ba. bringt im dritten Aufzug
die Vorschrift für die Maske des alten Kaleb. An dieser
Figur lag Gr. wegen ihrer großen Bühnenwirksamkeit sehr
viel. Dieser Stumme, der nur unartikulierte Laute lallt, der

auf die furchtbare Anklage sich nicht verteidigen kann, und
doch im Augenblick der höchsten Spannung wie durch ein
Wunder soviel Herrschaft über seine Zunge gewinnt, daß
er vernehmlich das „Du!" und das bestätigende „Rustan",
stammelt, ist eine der wirksamsten Bühnenfiguren Gr.s,
und die große Scene mit Rustan von fast so gewaltiger
Bühnenwirkung, wie das plötzliche prophetische Reden As-
sads in der Judith. Wenn Gr. seine Maske besonders ausführt, so will er ihm in der grauschwarzen Kleidung mit dem
weißen Bart- und Haupthaar ein besonders ehrfurchtge-
bietendes und mitleiderweckendes Aussehen geben, das zu
der furchtbaren Anklage in wirksamem Kontrast steht. Ferner legt Gr. besonderen Wert auf die Ba., die die scenischen Verwandlungen von der Wirklichkeit ins Traumleben
beschreiben. Hier hatte er offenbar von dem großen scenischen Apparat, den die Wiener Opern- und Balletauffüh-
rungen entfalteten, durch eigenen Augenschein viel gelernt.
Bei der Gelegenheit sei darauf hingewiesen, daß die Bühnentechnik, von Italien ausgehend, damals schon sehr weit vorgeschritten war. Sind doch die Grundprinzipien unserer
heutigen Bühne dieselben, wie zur Zeit der Renaissance
in Italien, von wo sie ihren Weg über die Alpen gefunden
haben.

Wie in einem echten Märchen, darf natürlich auch hier
die Musik nicht fehlen. Lustiger Jagdhornklang beim
Heben des Vorhangs, Harfentöne, die den einschlummernden
Rustan ins Land der Träume geleiten und sich gegen Ende
seines Monologs zu mehrstimmiger Musik verdichten. Kriegerische Musik eröffnet den dritten Aufzug und mischt sich
mit dem Jubelruf des Volkes. Rustans Vision, Mirza, dem
alten, Harfe spielenden Derwisch lauschend, erinnert an
Mignon zu den Füßen des alten Harfners. Auch in den
Schluß der ersten Verwandlung des vierten Aufzugs mischen
sich Harfentöne. Endlich geben Harfenklänge im Verein
mit Zangas Flöte dem Schluß des letzten Aufzugs die ganz
lyrisch gehaltene Stimmung. Sie begleiten leise die Vereinigung Rustans und Mirzas, und geben ihr die weihevolle
Stimmung einer Kirche, in der leise die Orgel erklingt.

„Der Traum ein Leben" bietet dem Regisseur un-

9

zweifelhaft die schwierigste Aufgabe von allen Gr.schen Dramen. Eine Aufführung, die den hohen poetischen Gehalt des Märchens erschöpft und die völlige Illusion mit märchenhaftem Farbenreichtum verbindet, kann auch heute noch des Erfolges sicher sein.

Weh dem, der lügt.

War Lessings „Minna von Barnhelm" das mit Geist und Witz nach strenger Regel gebaute Lustspiel, so ist das Lustspiel Gr.s mit dem goldigen Wiener Herzen und einem gut Stück traulichen Wiener Humors geschrieben.

Die Freude am guten Essen ist im letzten Grunde ein Lob für die geliebte Wiener Küche, und echt wienerisch ist auch Leons Abscheu vor jedweder Knauserei. Leben und leben lassen, froh sein, so lange noch ein Kreuzerl in der Tasche hüpft, und womöglich erst recht froh sein, wenn keins mehr da ist, das ist echte Wiener Stimmung. Sich freuen darüber, daß — man sich freut, Aus Lust und Dankbarkeit darüber, daß man lebt! Nicht umsonst war der Leon eine der glanzvollsten Leistungen Joseph Kainz', der an Ort und Stelle, wie ein Bildhauer sein Modell, Zug um Zug seines Küchenjungen am kecken, lebensfrohen Wiener studiert hatte. — Daraus will ich aber nicht ableiten, daß etwa „Weh dem, der lügt" nur auf ein lokal-patriotisches Publikum wirken könnte, im Gegenteil! Gr.s Lustspiel rechnet zu seinen vollendetsten Bühnenleistungen. Das erste kecke Lachen Leons in der meisterhaften Exposition gibt den Grundton für die Stimmung des ganzen Stücks, und wenn die Situation auch im weiteren Verlauf immer ernster, die Handlung psychologisch vertieft wird, so klingt doch Leons herzerfrischende Fröhlichkeit und Keckheit, wie das Leitmotiv in einer Oper, immer wieder hindurch. Und wenn er im Augenblick höchster Gefahr sich auf die Knie wirft und wie ein bettelndes Kind die Hände zum Himmel streckt, so bittet er Gott nicht um Hilfe, nein er fordert sie keck:

Und so begehr' ich denn — ich fordre Wunder,
Halt' mir dein heilig Wort — — Weh dem, der lügt!

Da wissen wir, dieser rührenden Keckheit kann selbst der Himmel nicht wiederstehen.

Am 6. Mai 1838 wurde das Lustspiel erstmalig in der Hofburg gegeben. Die Spannung des Publikums war um so größer, als man den Dichter hier zum ersten Mal als Schöpfer eines Lustspiels sehen sollte. Und nun geschieht das gerade in Wien Unglaubliche: Das Stück fällt durch, erlebt nur noch zwei weitere Aufführungen, und Heinrich Laube bezeichnet es später als „geistvolle literarische Arbeit, nicht aber als wirksames Theaterstück". Das ist meiner Meinung nach nur ein Beweis für das schöne Wort von dem bisweilen schlafenden Homer. Die Gründe, die er für das Fiasko sucht, die Bezeichnung Lustspiel (statt Schauspiel) wäre dem Erfolg hinderlich gewesen, und, Galomir sei keine günstige Bühnenfigur, sind, glaube ich, nicht die richtigen. Ich möchte vielmehr als wahren Grund dafür entgegenhalten, daß die Erstaufführung, vielleicht in ungeeigneter Besetzung, von dem Regisseur vergriffen worden ist. Galomir soll gar kein Trottel sein, sondern nur der Typus des dem Urzustand menschlicher Kultur nahekommenden Menschen. Ich habe gerade diese Figur in äußerst wirksamer Weise auf der Bühne dargestellt gesehen und muß im Gegensatz zu Laube sagen, daß der anspruchsvolle Titel „Schauspiel" dieser Figur viel eher den Todesstoß hätte geben können, als es das Lustspiel mit seinen weiter gezogenen Grenzen je vermocht hätte. Galomir ist nur der etwas hochpotenzierte Gegensatz zwischen Zivilisation und Barbarentum, ins Grotesk-Komische gewendet. Ich kann mich ferner der Ansicht von J. Minor (Jahrb. III) nicht anschließen, daß „in demselben Grad, in dem sich das Thema vertieft, das Drama sich von dem Lustspiel entfernt und eine heitere Wirkung dieser letzten Scenen die köstlichen komischen Charaktere Atalus und Galomir nicht mehr durchzusetzen vermögen. Im Gegenteil, wenn die so lustig begonnene Handlung ins Ernste, ja Tragische umzuschlagen droht, dann schützt Galomirs oder Atalus' Auftreten allein schon durch die Maske der Unkultur, bezw. des geistigen Hochmuts, vor einer an der gefährlichen Stelle einsetzenden Sentimentalität; und wenn eben sich über die Augen des Zuschauers ein feuchter Schimmer legen will, so finden die Lippen schon wieder das erlösende Lachen. Allerdings muß ich zugeben, daß der Galomir sehr leicht Gefahr läuft, in der schauspielerischen Anlage vergriffen zu werden. Eine unmögliche Bühnenfigur, eine Gefahr für das ganze Stück aber ist er darum doch nicht, und die häufigere Aufführung des Lustspiels in neuerer Zeit hat den Beweis für seine Bühnenwirksamkeit gebracht.

Die S c e n e r i e ist durchweg heiter bis auf den letzten Aufzug, dessen wesentlich ernstere Stimmung auch im Bühnenbild in der schweren Architektur der Festungsmauer von Metz schon äußerlich zum Ausdruck kommt.

Der erste Aufzug zeigt uns einen sonnigen Morgen (Hausverw.: „Es kann nicht sein; jetzt in der Morgenstunde . . .") im Garten des Schlosses zu Dijon. Durch das schattende Dach altehrwürdiger Bäume sendet die Sonne ihre milden Strahlen. Eine taufrische Morgenstimmung, so recht dazu angetan, dem ehrwürdigen Bischof gute Gedanken für seine Sonntagsandacht zu geben. Die Mauer im Hintergrund verbirgt den Garten profanen Blicken und nur das große Gittertor in der Mitte weist auf das Vorhandensein einer Außenwelt hin. In einem lauschig stillen Winkel steht eine Rasenbank, die zu innerer Beschaulichkeit anregt. — Gegenüber dieser Scenerie behaglicher Kultur, steht die des zweiten Aufzugs mit ihrer plumpen heidnischen Wucht. Der Hof von Kattwalds Hause, umschlossen von einer primitiven Lehmmauer, in die ein großes Tor eingelassen ist. Ein paar Bretter geben den Schutz her für die „Küche". Die große wuchtige Halle des Hauses beherrscht das Bühnenbild; eine Holzbrücke ermöglicht das Ueberschreiten des Grabens. Nicht fehlen dürfen riesige Urwaldbäume, Eichen und Buchen, die das Ganze überschatten, nicht fehlen dürfen auch, obwohl Gr. das nicht anführt, am Hause, über dem Tore und vereinzelt an den Bäumen aufgehangene Pferdeschädel. So zeigt sich schon im Bühnenbild der Gegensatz zwischen christlicher Kultur und heidnischer Unkultur.

Dieser zweite Aufzug zeigt dann als nächste Verwandlung eine kurze Gegend, mit Bäumen besetzt. Auch hier läßt Gr. also der Ausschmückung freie Bahn.

Der dritte Aufzug zeigt zunächst wieder die Dekoration wie zu Anfang II, nur mit der Abweichung, daß die Vorhalle, in der die Hochzeitsgäste schmausen, hell erleuchtet ist, während sonst auf der Bühne Dunkel herrscht, das die nächtliche Flucht begünstigen soll. Dieser Scenerie folgt als Verwandlung der einzige Innenraum im Stück: Kattwalds Schlafgemach. Dieses ist vor allem wieder interessant durch die Vorhänge, die die beiden bogenförmigen Oeffnungen verbergen sollen; sonst aber gibt Gr. keine Anweisungen für die innere Ausschmückung. Für die Beleuchtung versteht sich von selbst, daß Dunkel herrscht; es fehlt jedoch bei Gr. eine Anweisung für d i e Beleuchtung, die L e o n mit einer kleinen Kienfackel, die er in einem Mauerring befestigt, bringen mag; oder aber man läßt Mondlicht, das dann schon zu Anfang des Aufzugs sichtbar sein muß, durch ein Seitenfenster einfallen. — Die nächste Verwandlung bringt wieder die Scenerie wie zu Anfang des ersten Aufzugs.

Der vierte Aufzug zeigt eine dichtbewaldete Scene im Lichte des der Nacht folgenden Tages. Gestrüpp und Steinmassen verstärken den urwaldartigen Eindruck und begünstigen so die Ueberrumpelung Galomirs. Auch dieser Aufzug zeigt eine Verwandlung: die Furt im Strom, der das Bild nach hinten zu abschließt. Am Ufer die Hütte des Fährmanns; nicht fehlen darf natürlich Angelzeug aller Art, Ruder- und ähnliche Geräte. Unweit der Hütte an einem Baum ein Heiligenbild: damit kommt schon äußerlich zum Ausdruck, daß der Strom auch die Grenze zwischen Christentum und Heidentum vorstellt. Der Fährmann, der den Verkehr mit dem andern Ufer bewirkt, ist schon im Besitz eines Heiligenbildes, das hier als Symbol baldiger Rettung, als erster Zeuge christlicher Kultur, den Flüchtenden entgegentritt. — Wenn der Vorhang sich zum fünften Aufzug hebt, liegen die Wälle von Metz mit ihrem wuchtigen Mauerwerk und Tor noch im Dunkel. Die Scheune im Vordergrunde hat den Flüchtigen als Obdach gedient. Daß die etwas düstere Scenerie ein Symbol für die ernste Stimmung, die über diesem Aufzug liegt, ist, beweisen Leons erste Worte: „Die Sonne zögert noch, 's ist dunkle Nacht, und dunkel wie das All

ist meine Brust." Die Ba. (Es ist licht geworden) darf natürlich nur allmählich vom Beleuchter befolgt werden, und
gibt dem Bühnenbild wieder all die zarten Farbenübergänge
vom fahlen Morgengrauen, zum Blau und leuchtenden Rot,
bis dann die Scenerie mit dem ersten Sonnenstrahl des
neuen Tages in flutendes Licht getaucht ist, das, wiederum
symbolisch begleitet vom ersten Glockenton, die düstere
Stimmung verscheucht.

Die Gruppenwirkung zeigt sich mehrfach, meist mit
komischem oder doch betont heiteren Einschlag. Ein liebes
Bild, das wie ein Genrebild noch aus Großvaters Zeiten anmutet, ist es, wenn Leon zu Füßen des Bischofs sitzt und
dessen Verteidigung anhört. Sehr keck ist die Gruppe: Leon,
Auge in Auge mit dem ihn musternden Kattwald, während
Edrita mehr abseits steht und ihn beobachtet, und sich so die
ersten zarten Fäden zu ihm hinspinnen; oder der Geck Atalus und der lebensweise Leon zum ersten Male einander
gegenüber. Der vierte Aufzug zeigt eine Gruppe, die über-
wältigend komisch wirken kann: Galomir an den Baum gefesselt, bedroht von Atalus auf der einen, Leon auf der
andern Seite, während seine ihm anverlobte Braut sich weid-
lich über diesen Anblick ergötzt. Die folgende Verwandlung bringt dann eine ernstwirkende Gruppe: Leon auf den
Knieen vor dem Heiligenbild, sich erinnernd an die Worte
seines geliebten Bischofs: Weh dem, der lügt. Endlich die
schönste Gruppe, die gleichzeitig den Schluß des Stückes
bildet: Leon vereint mit seiner Edrita, während der Bischof
den so lange entbehrten Neffen wiedergefunden.

Die indirekten Ba. zeigen manches Neue. So findet sich,
wie bei Kaleb, auch für die Maske des Bischofs eine indirekte Ba.: Leon: „Doch sah ich Euren Meister durch die
Straßen, mit seinem weißen Bart und Lockenhaar, Das
Haupt gebeugt von Alterslast und doch gehoben von — ich
weiß nicht was ... Die Augen aufgespannt als säh' er
Bilder ..." Ebenso kurz davor eine Anweisung für das Aussehen Leons, und die Bewegung die er gerade in diesem
Moment ausführt: L.: „Ich geh von selbst. Hier meine
Schürze, seht, Und hier mein Messer, das Euch erst er-
schreckt." Erwähnt sei dann noch: Gregor: „Den Winzer

ruft der Herr in seinen Garten. Die Glocke tönt, . . ."
eine indirekte Ba. für das Morgenläuten vom nahen Glocken-
turm.

Die m u s i k a l. Elemente durften natürlich nicht fehlen.
Abgesehen davon, daß Leon keck singend Kattwalds Wort-
schwall unterbricht, ertönt Glockenläuten zu Anfang und
am Ende des Stücks. Hier namentlich wirkt die Gebet-
glocke sehr stimmungsvoll als Symbol für die endliche Er-
lösung der Flüchtigen von Strapazen und Gefahr, und glück-
liches Wiederfinden. —

Aus der Fülle eines wahrhaft künstlerischen Schaffens,
das voll echt poetischen Zaubers eine Reihe von Dramen
bringt, die mit intuitiver Sicherheit fast immer in ein bühnen-
wirksames Gewand gekleidet sind, heben sich als dramatische Meisterstücke die „Ahnfrau" als erster großer Wurf
des dramatischen Genies, die „Sappho" als ein in jeder Hinsicht stilechtes Drama der klassizistischen Schaffensperiode,
der „Ottokar" als meisterhaftes historisches Bühnenwerk
heraus. Ihnen reihen sich würdig an „der treue Diener"
und die „Jüdin" als Dramen echter Menschlichkeit, und
endlich „Hero" und „Weh dem, der lügt" als Hohes Lied
der Liebe, einmal ins Tragische, einmal ins Heitere gewendet. Immer aber ist es nächst dem stücktragenden Helden
die feine Ciselierung der weiblichen Psyche, die den Stoff
der Handlung in wunderbarer Weise durchwirkt. — Noch zu
Goethes Lebzeiten feiert Gr. seinen ersten Triumpf als Bühnendramatiker. Und als auf der deutschen Bühne sich schon
der Hauch der neuen, ganz aufs Realistische gestellten Aera
bemerkbar macht, darf der Dichter im späten Alter die volle
Anerkennung seines Lebenswerkes auf der Bühne miterleben.
Daß sie ihm keine innere Befriedigung mehr schaffen konnte,
der durch die zahllosen kleinen Nadelstiche des Lebens mürbe
gemacht, der Außenwelt ein verschlossenes, vergrämtes Herz
entgegenbrachte, ist nur zu begreiflich. Aber im Herzen
dieses Mannes wurzelte ein zartes, keusches Pflänzchen, das
bei aller Empfindlichkeit doch eine köstliche Lebenskraft be-
saß: Die Poesie! Und besser als alle Charakteristiken scheint

mir ein Wort Gr.s den echten Dichter zu zeigen: „Ein Mensch
ist umso m e h r , je mehr er M e n s c h". Diesen Ausspruch
soll man sich als Motto wählen, wenn man Grillparzer auf die
Bühne bringt: Die edelste Aufgabe der Schauspielkunst ist
es, M e n s c h e n auf die Bühne zu stellen. Das Gewand, das
sie umkleidet, mag noch so verschieden sein, das B l e i -
b e n d e aber ist ihre Menschlichkeit.

Um der Arbeit eine abgeschlossene Form zu geben, ist
hier nicht eingegangen auf die dramatischen Fragmente
(Esther, Hannibal und Scipio, Psyche) und auf die Oper
Melusine.
Eine spätere Untersuchung, die u. a. die schauspiele-
rischen Leistungen der einzelnen Darsteller Grillparzer'scher
Rollen würdigen, dann den kritischen Apparat der großen
Gr.-Ausgabe verwerten, und Gr.s musikalische Studien, deren
Niederschlag sich uns in den phonetischen und rythmischen
Elementen des gesprochenen Worts und dem musikalischen
Einschlag in den Bühnengeräuschen gezeigt hatte —, be-
leuchten soll, wird diese Fragmente und die Oper eingehend
behandeln.